Henny & Ponger

Meiner Familie

© 2023 Mixtvision Verlag,
Leopoldstraße 25, 80802 München
Erstausgabe: © Mixtvision Verlag, 2022
www.mixtvision.de
Alle Rechte vorbehalten.
Umschlaggestaltung: zero-media.net, München
Innentypografie: Anke Elbel
Druck und Bindung: GGP Media GmbH, Pößneck

Zitat Seite 4: Song UNIVERSUM, Musik & Text: Sophie Hunger
© 2015 Two Gentlemen, under exclusive licence to Virgin Music UK

ISBN: 978-3-95854-230-3
Auch als E-Book erhältlich

# NILS MOHL

# HENNY&
# PONGER

ROMAN

**MIXTVISION**
*Weiter. Erzählen.*

Ich heb mein Glas und salutier dir Universum
Dir ist ganz egal, ob und wer ich bin
Du bist ungerecht und deshalb voller Hoffnung

Sophie Hunger

# LINIE S31, RICHTUNG HAMBURG-ALTONA

**I** Er hat sie angeschaut und angeschaut und kurz vorm Hauptbahnhof erst merkt er, dass er in die falsche Richtung fährt, seine Station auf dieser Strecke nicht mehr kommt. Trotzdem steigt er auch beim nächsten Halt nicht aus.

Dabei hat sie bislang keinmal zurückgeschaut.

**2** Auf seinem Schoß liegt ein aufgeklappter Roman, aber er kommt kaum eine Zeile voran. Im überfüllten S-Bahn-Waggon staut sich zähe Luft. Künstliches Licht überpinselt Gesichter mit Blässe. Nur ihr kann die Beleuchtung offenbar nichts anhaben. Die Lippen, vor allem aber die Augen – sie leuchten.

Das sieht er, wenn sie bei Einfahrt in einen Bahnhof hochguckt.

Immer nur für Sekunden, denn sie liest auch. Auf einem der Quersitze schräg vor ihm. Gesicht in seine Richtung. In was für ein Buch sie sich vertieft hat, kann er trotzdem nicht erkennen. Der Gang zwischen ihnen ist rappelvoll, und gerade verbaut eine abgerissene Gestalt halb die Sicht, klimpert mit einem Pappbecher für Münzspenden.

Jemanden unauffällig zu betrachten, will auch geübt sein. Er hat es mal indirekt über die Scheibe versucht, dann wieder schamlos ohne Bande. Doch sobald sie umblättert oder sich regt, guckt er schnell wieder ins eigene Buch, tut jedenfalls so. In dieser Sekunde zum Beispiel.

Oben in seinem Brustkorb fühlt es sich enger an als gewöhnlich, obwohl ihr Blick ihn wieder nicht gestreift hat, kein bisschen.

**3** Er trägt noch den Werkstatt-Overall. Eingestickt auf der Brusttasche: ein Logo. Susis Garage. Die Finger starren vor Dreck. Wie man eben aussieht, wenn man stundenlang an elektronischen Bauteilen schraubt und lötet, ständig nach Werkzeug greift.

Sie trägt einen Regenmantel mit fester Kapuze, außen signalgelb, innen dunkelblau, wie Fischer bei schlechtem Wetter.

Alle anderen Leute wirken im Vergleich zu ihr gespenstisch farblos und erschöpft. Eigenartig, was mit dem menschlichen Körper geschieht innerhalb eines Tages. Muskeln erschlaffen, aus den Poren dünstet Müdigkeit.

Sie aber lächelt.

Sie spendiert sogar der abgerissenen Gestalt entschuldigend ein paar freundliche Worte und eine Münze. Sie sagt: »Leider habe ich nicht viel zum Abgeben. Höchstens noch den Mantel hier.«

Die Stimme.

Als würde sie eine unsichtbare Verbindung zu ihm, der sie beobachtet, herstellen. Wie dieses Lächeln. Er hat keine Erklärung dafür.

Und sieht nur er das? Um sie herum erscheint der Raum silbern von ihrer Anwesenheit. Beruhigend und beunruhigend, beides gleichzeitig.

Sie, nah und fremd: Das ist Henny.

**4** Im Tunnel hat sich in der Scheibe hinter Henny die ganze Zeit ihre Silhouette auf merkwürdige Art gespiegelt, hell umrandet, vielleicht wegen der Haare oder der gelben Kapuze. Jetzt, als die abgerissene Gestalt weiterschlurft und die Sicht auf die andere Seite des Gangs wieder ein wenig freier wird, steigt die Strecke in einen oberirdischen Abschnitt an. Draußen zieht grau-bunte Welt vorbei.

Henny kneift die Augen zu.

Er kneift die Augen zu.

Die Sonne dringt durch eins der Löcher im verhangenen Himmel, kommt an den wuchtigen Gebäuden der Innenstadt vorbei zum Vorschein. Fassaden funkeln vom letzten Regen. Ein flüchtiges Spektakel. Sobald die Wolken sich ineinanderschieben, kehrt sofort eine Art farblose Heiserkeit zurück und legt sich über alles. Typische Witterung für diesen Teil der Welt, viel Niederschlag, auch im Sommer.

Er spitzt die Ohren.

Auf Hennys Seite wird gesprochen.

**5** Die beiden Typen von der Doppelbank ihr gegenüber flachsen miteinander. Sie dürften einen Tick älter sein als Henny. Einer hält einen Strauß Rosen in der Hand. Der andere sagt: »Deine Süße wird denken, das wird ein Heiratsantrag.«

»Bin eben Romantiker«, kommt als Antwort. Die Frisur des Romantikers: eine Art Hühnerkamm, knallrot.

»Und ich bin Skeptiker. Ich frage mich, ist das gute alte Schule oder heute einfach nicht mehr zeitgemäß?« Der Skeptiker trägt das Haar raspelkurz und einen Nasenring. »Vase oder Kompost, das ist hier die Frage.«

Hühnerkamm schaut ein wenig beleidigt hinter den Blumen hervor, dann tippt er Henny einmal gegen das Knie: »Wir brauchen kurz deine Meinung. Hat der Rosenkavalier noch eine Zukunft in unserer Zeit?«

Henny hebt das Kinn: »In einer Welt, in der das Kribbeln im Bauch am laufenden Band zur ganz großen Geschichte gemacht wird, kann ich mir das nicht anders vorstellen.«

»Siehst du.« Hühnerkamm verpasst dem anderen einen Rippenstoß.

»Sie liest ja auch Bücher.«

Henny holt einmal kräftig Luft. Sie sagt: »Wobei mir persönlich der Brauch, Rosen zu verschenken, ziemlich lahm vorkommt.«

»Ach. Lahm, ja? Und was wäre wohl aufregender?«, fragt Hühnerkamm.

»Wenn es um das Kribbeln im Bauch geht, wäre es doch logisch, wenn man jemandem eine Schaukel baut. Zum Beispiel.«

»Schönes Geschenk. Finde ich eine gute Überlegung.«

Nasenring guckt zufrieden zu Henny. Aber sie sagt: »Ganz grundsätzlich wäre es natürlich am schlausten, Partnerwahl und Gefühle rigoros voneinander zu trennen. Wer verknallt ist, ist doch selten ganz zurechnungsfähig.«

Der Zug beschleunigt, rast durch eine Schneise aus Graffitimauern links und rechts. Henny schlägt ein Bein übers andere. Ein Fuß wippt in der Luft.

Sie trägt keine Schuhe.

Hühnerkamm räuspert sich. »Du bist barfuß.«

Ihre Lippen kräuseln sich spöttisch. Außerdem hebt sie beim Sprechen die eine Augenbraue. Sie sagt: »Stimmt. Ändert aber nichts, romantische Liebe lässt Menschen einfach ständig in emotionale Verwirrung und andere Katastrophen stolpern und stürzen.«

Nasenring zupft am Nasenring. »Ich als Feminist bin geschockt. Du propagierst wirklich die Zwangsehe?«

»Arrangierte Partnerschaften. Das ist etwas völlig anderes.«

»Das heißt, mein Freund stopft am besten die Blumen in die nächste Mülltonne und bittet seine Eltern, sich um alles zu kümmern?«

Henny hebt die Schultern: »Da mische ich mich nicht ein. Ich sage nur: Verliebtheit würde ich als extreme Gefahr einstufen.«

Und da – er reagiert zu langsam, viel zu langsam – guckt sie direkt zu ihm hin. Zu ihm im ausgebeulten Overall. Klappt dabei das Buch zu.

Blick.

Buch.

Steigt ihm da etwa Röte ins Gesicht?

**6** Er, der sie die ganze Fahrt angeschaut und angeschaut hat, zuckt zusammen. Die Druckwelle einer entgegenkommenden und vorbeirauschenden Bahn auf dem Nachbargleis rüttelt am Wagon.

Er, plötzlich auf den Beinen: Das ist Ponger.

**7**     Die schweren Arbeitsschuhe geben den Weg vor. Er entfernt sich vom Platz in der Mitte des Zugabteils, von ihr, mogelt sich an dem Bettler vorbei, der Hennys Regenmantel nicht gewollt hat. Wie Ponger das hinbekommt? Wüsste er nicht zu sagen. Er schlängelt sich Richtung Ausgang, bis es nicht mehr vorwärts geht, sein Buch fest in der Hand. Der Magen zusammengeschrumpft.

Beide, sie und er, lesen denselben Roman. Das weiß er jetzt. Und soweit er das auf die Distanz erkannt hat, sind beide, sie und er, mehr oder weniger an derselben Stelle, noch ziemlich am Anfang.

Ponger spürt es, ohne hinzusehen. Sie hat sich ebenfalls erhoben, folgt ihm. Die aufgestellten Nackenhärchen wollen sich gar nicht wieder beruhigen.

Dann das Tippen gegen seine Schulter. Der muffige Schnapsatem des Bettlers, als er herumfährt. »Schon Kleinigkeiten sind eine große Hilfe …«

»Was?«

»Junge, du bist ein Guter, das sieht man gleich«, sagt der Bettler. Ponger greift in die Brusttasche seines Overalls. Leer bis auf ein paar Münzen. Sie landen alle im Pappbecher.

Er schielt daran vorbei.

Henny schiebt mit dem Ellbogen einen übergewichtigen Kerl zur Seite, hangelt sich zu Pongers Haltestange vor. Unmittelbar unter seiner Hand hält sie sich fest. Die Wärme des fremden Körpers. Drei Millimeter Abstand, höchstens.

**8**   Henny spricht ihn ohne Umschweife an. »Ich mag das Buch«, sagt sie, »hab's mittlerweile drei Mal gelesen. Geht natürlich immer gleich aus: Die beiden bekommen sich am Ende nicht. Kitschfreier Schluss. Ist gut.«

Der Regenmantel riecht neu. Ponger, nicht nur von diesem typischen PVC-Dunst und Hennys Nähe ganz irritiert, sagt: »Das wollte ich gar nicht so genau wissen.«

»Hm, dein erstes Mal also«, sagt sie, »und dass du Geheimnisse und Rätsel magst, dachte ich mir schon. Passt.«

Der Zug neigt sich leicht in eine Kurve. Ihre Schulter berührt seinen Oberarm, mit Absicht, tippt er. Er hat Angst, ihr auf die Füße zu treten: »Du läufst barfuß rum. Meinst du das mit Rätsel?«

Sie hebt, wie vorhin schon einmal, eine Augenbraue: »Pass auf, mein lieber Ponger, ich rufe dich an. Besser, wir machen es hier kurz. Zu viele Leute.«

Mein lieber Ponger?

Durchzittert vom Stampfen der Bahn legt sie ihm eine Hand auf die Brust, schaut Ponger an, als wäre dort etwas, das es wert ist, gesehen zu werden, wie es an einer Stelle in dem Buch heißt, das sie beide lesen.

»Ist das so eine Art Mutprobe«, sagt er, »gucken, ob du von Fremden eine Telefonnummer bekommst?«

»Du drehst besser an der nächsten Station um, fährst mit dem Zug dahin, wo du eigentlich hinwillst, wie immer.«

»Vielleicht kommt meine Station ja erst.«

»Nicht in dieser Richtung.«

Bevor Ponger darauf antworten kann, blickt Henny über die Schulter. Er betrachtet ihr Profil.

Was hat er erwartet? Eine spitz zulaufende Ohrmu-
schel? Wie Perlmutt schimmernde Schuppen? Kiemen?
Doch das Einzige, was ihn in diesem Moment stutzen lässt,
ist die leichte Besorgnis in ihrem Blick.

**9**　Hinter Henny entsteht Bewegung und Unruhe im Waggon. Ein Tumult. Ponger sagt: »O.k., du kennst also meine Station und meine Telefonnummer und weißt auch, welche Bücher ich lese. Noch was?«

»Ich kenne deine Telefonnummer nicht.«

»Hast du nicht gerade gesagt, du rufst mich an?«

Noch bevor sie nach dem roten Griff in der Nähe der Tür langt, sagt sie: »Klingt blöd, aber für große Erklärungen ist tatsächlich keine Zeit. Du musst schließlich auch vorsichtig sein, oder? Und jetzt halt dich fest.«

Dann geschieht alles in Bruchteilen von Sekunden, lauter Kleinigkeiten gleichzeitig. Beinah geht deshalb unter, wie sie ihm etwas zusteckt, ein flaches Etwas. Sie lässt es in der Brusttasche seines Overalls verschwinden.

Ein Telefon.

Im Moment danach ...

# 10 Der Ruck —

**‖** — das Drehgestell des Wagens scheint sich unter ihnen hart in die Schienen zu verkeilen: Metall quietscht schrill auf Metall. Bremsbacken kämpfen darum, das lange Ungetüm von Fahrzeug zu bändigen.

Die Menschen in den Gängen taumeln ineinander, hochgeschreckt aus dem Alltagsdämmer. Augen aufgerissen, weit aufgerissen.

»Mädchen, was wird das?« Eine besorgte Stimme in der Nähe.

Der Bettler?

Seiner gegerbten Hand entgleitet der Pappbecher, Geldstücke segeln im hohen Bogen durch die Luft. Der Moment dehnt sich, der Moment staucht sich.

Ein Hicks im Hirn.

Der Zug stoppt kreischend ab. Alles sucht nach Halt und Balance. Der Bettler knallt mit dem Kopf gegen die Stange, an die Ponger sich klammert. Pappbecher und Münzen klötern zu Boden, flippern, hüpfen, kullern zwischen Schuhwerk umher, rollen klackernd gegen Sohlen und plingen gegen die noch geschlossene Tür. Dann Ruhe.

In den Scheiben steht die eben noch bewegte Welt still.

Henny hat, geht Ponger auf, einfach die Notbremse gezogen.

Und ist verschwunden.

**12** Durchs Türviereck weht kühle Luft. Dazu die passende Geräuschkulisse, ein Rauschen von draußen wie von Wasserleitungen in einer Wand.

Einige Leute drängeln andere zur Seite, um zu filmen, was vor sich geht. Ponger meint, den gelben Mantel von Henny zu sehen. Ein Windhauch streicht kühl an seinen Wangen vorbei, bevor die Tür des Waggons wieder zufällt.

Wie hat Henny die geöffnet?

Ist sie wirklich raus?

Prompt die Lautsprecher-Durchsage des Zugführers: Man möge bitte unter keinen Umständen die Abteile verlassen. Lebensgefahr.

Da wenden sich die Blicke um Ponger herum nach oben. Poltern über den Köpfen. Er hat augenblicklich so klare Bilder im Kopf, als könnte er es selbst sehen: Auf den Zug ist sie geklettert. Rennt entgegen der Fahrtrichtung zurück und hat von einem der hinteren Waggons aus leichtes Spiel. Eine Brücke für Autos und Fußgänger spannt sich über die Gleise. Henny kann sich ans Geländer klammern, zieht sich hinauf.

Die Filmer in der S-Bahn fangen ein, wie sie im Getümmel der Stadt entschwindet. Der signalgelbe Regenmantel wird vom Wind leicht aufgeblasen am Rücken. Die Kapuze weht nach hinten. Und Ponger hört neben sich das Knistern eines Funkgeräts. »UP1 flüchtig. Bitte kommen«, sagt eine verzerrte Stimme.

# 13

Atem trübt das Glas der Scheibe ein, sein Atem. Die Türen sind jetzt wieder verriegelt. Unter den Fahrgästen Schwatzen und sogar Gelächter. Abklingender Schock. Gefahr-vorbei-Stimmung. Erleichtertes Durcheinander.

Auf der nahen Hauptstraße bald Sirenen. Lichtleisten blinken auf den Dächern einer Streifenwagenkolonne. Blauer Widerschein überall rundum, üppig hineingestreut ins Straßenbild.

Ponger fingert das Telefon aus der Brusttasche. Billig-Modell aus dem Supermarkt. Voller Akku, aber aktivierte Tastensperre. Er schiebt das Ding zurück in den Overall. Die S-Bahn schnauft pneumatisch.

Geht es weiter?

HAMBURG STERNSCHANZE

**14** Nach einer Weile rollt der Zug in den nächsten Bahnhof, eine Station auf einem erhöhten Damm mit offenem Flachdach. Im Freien klatscht Ponger die Luft feucht entgegen. Abendlicht sickert schwach durch die dichte Wolkendecke über der Stadt.

Gedränge.

Gesprächssalat.

Köpfe recken sich nach den Anzeigetafeln.

»Alles aussteigen, bitte. Die Strecke bleibt bis auf Weiteres aufgrund einer Betriebsstörung gesperrt.«

Die Mitteilung einer metallischen Lautsprecherstimme.

Über Megafon werden die Fahrgäste aus Pongers Waggon aufgefordert, noch für eine kurze Befragung zur Verfügung zu stehen. Der Rest darf weiterziehen. Ponger umfasst das Buch fester, schaut zu den Rolltreppen, will sich in den Strom der Menschen einreihen, die dort hineilen.

Die Situation scheint unübersichtlich. Er hofft, vielleicht übersehen zu werden. Aber als er gerade unter einem Flatterband durchtauchen will, pfeift ihn sofort ein Polizist zurück. Freundlich, aber bestimmt.

Ponger hebt die Hände, als ergebe er sich. Nur ein Versuch, gibt er zu verstehen und bleibt brav auf seiner Seite.

**15** So wartet er auf der Plattform am Gleis, während sich das Durcheinander nach und nach lichtet. Er staunt: eine Menge Uniformierte. Aber nur zwei Kerle in Zivil linsen kurz in das Innere des Wagens, aus dem Henny getürmt ist. Einer: glatt rasierte Wangen, einer: Stachelbart.

Der Glattrasierte, blond und die Statur eines Basketballers, muss dabei den Kopf ein Stück einziehen. Ein Lulatsch im Maßanzug. Er stolpert fast über den Bettler. Der krabbelt weiter am Boden herum und sucht immer noch nach den verlorenen Münzen, mault: »Was wird hier denn so ein Aufriss gemacht? Haben wir keine dringenderen Probleme im Land?«

Stachelbart, ein knochiges Kerlchen in Stiefeletten und Röhrenhosen, fischt eine Kippe aus der Brusttasche seines Parkas, zündet sie an: rötliches Aufflammen des Streichholzes. Dann gibt er einem Uniformierten einen Wink. Man hievt den Bettler an den Achseln auf die Beine und bringt ihn zur Rolltreppe.

Der Lulatsch beginnt unterdessen den Dialog mit Hühnerkamm und Nasenring. Immerhin haben die zwei, was sie selbst eilfertig herausstreichen, der Geflüchteten gegenübergesessen. »Die hatte extreme Ansichten. Sie trug kein Kopftuch oder so, aber war total pro Zwangsehe«, sagt Hühnerkamm.

Nasenring schüttelt den Kopf, korrigiert: »Das muss man fairerweise differenzieren. Sie war für arrangierte Partnerschaften.«

»Egal, das war eine Radikale, kapierst du das nicht, die wollte den Zug wahrscheinlich in die Luft jagen.« Hühnerkamms Blick geht zu Lulatsch.

Lulatsch sagt: »Sonst noch was?«

»Weiß nicht. Womit wäre denn geholfen? Mann, da rechnet ja keiner mit, dass du plötzlich neben einer Terroristin sitzt.«

Stachelbart fährt dazwischen: »Junge, hast du Angst, dass wir dein Gras beschlagnahmen? Nun komm mal runter. Es geht nur um eine Notbremsung ohne offensichtlichen Gefahrenfall.«

»Wie kommen Sie darauf, dass ich Drogen in der Tasche habe?«

»Wie kommst du auf Terrorismus?«

Lulatsch schaltet sich beschwichtigend ein: »Hat die fragliche Person zu jemandem außer euch Kontakt gesucht? Auf die eine oder andere Weise?«

Nasenring verneint: »Pffft. Nicht, dass ich wüsste.« Er schaut achselzuckend zu Hühnerkamm, erwartet wohl Bestätigung.

Der zupft ein trockenes Blättchen aus den Rosen, murmelt nebenbei: »Notbremsung ohne Gefahrenfall. Ha, das könnt ihr meiner Oma erzählen.«

Strenger Blick vom Lulatsch. Sehr streng. Nasenring springt seinem Kumpel zu Hilfe: »Die meiste Zeit während der Fahrt hat sie ein Buch gelesen.«

»Aha.« Stachelbart schnippt die Kippe weg. Er lässt die Hand um die eigene Achse rotieren. Die Geste soll heißen: Komm, erzähl mir mehr.

»Ja, Entschuldigung. Kein Wälzer, eher so mitteldick. Hellblaues Cover, glaube ich, sah nach Roman aus.«

Stachelbart nickt: »Ein mitteldicker, hellblauer Roman also. Super.«

»Ja, war kein Bombenbaubuch mit detaillierten Anleitungen, definitiv nicht. Es sei denn, es gab eine besondere Verschlüsselung«, sagt Hühnerkamm.

Stachelbart und der blonde Lulatsch wechseln Blicke. Sieht ein bisschen so aus, als würden sie stumm verhandeln, wer Hühnerkamm vor den nächsten Zug schubsen darf. »Ganz doofe Frage«, sagt Stachelbart, »hatte es vielleicht einen Titel? Einen, den sich einer von euch Hirnakrobaten sogar gemerkt hat?«

Das Zeugen-Duo muss passen. Sie knicken die Unterarme nach außen ab, die offenen Handflächen zeigen himmelwärts.

»Nicht drauf geachtet«, gesteht Hühnerkamm.

»Na dann, danke schön.« Lulatsch gibt ihnen den Weg zur Rolltreppe frei.

»Moment!«, sagt Nasenring. »Hey, das Buch sah so ähnlich aus wie das von dem da drüben.«

Hühnerkamm assistiert: »Exakt das war's, ohne Scheiß. Das ist ihr Buch ...« Ein bebender Zeigefinger deutet Richtung Ponger. Beziehungsweise auf den Roman in Pongers Hand. Fast synchron drehen sich diverse Köpfe.

**16** Ein paar Tauben sitzen oben auf den Stahlträgern unterm Dach des Bahnsteigs. Ponger drückt sich an die Plakatwand in seinem Rücken. Für einen Moment ist es so still, dass er das Gurren der Tauben hören kann.

Der Wind, nur ein Hauch.

Bloß eine winzige Atempause bis zur nächsten Brise oder Bö. Auch ein Phänomen dieser Stadt: der rastlose Wind. Ständig findet er Ritzen, dringt durch sie ein in Gebäude, Klamotten, in alles.

Das Buch wiegt plötzlich so viel wie eine Hantel.

**17**    Ponger bemüht sich, die Sache runterzuspielen, als er Stachelbart seine Lektüre überreicht. »Ist ja ein Bestseller auf der halben Welt ...«, sagt er, nachdem er erklärt hat, dass das nicht ihr Buch ist, sondern seins, dass sie und er einfach den gleichen Roman gelesen haben.

Stachelbart studiert flüchtig die Autorenbiografie hinten in Pongers Ausgabe: »Preisgekrönter Jugendbuchautor«, sagt er, mehr zu sich selbst als zu Ponger. »Genießt seit dem Debüt Kultstatus unter seinen Lesern.«

Lulatsch zwingt eine Mundecke hoch: »Mit anderen Worten: Keine ganz geringe Wahrscheinlichkeit, dass zwei junge Menschen zur gleichen Zeit im selben Abteil ausgerechnet dieses Buch lesen.«

Ponger rollt einen Kiesel unter seiner Sohle hin und her. »Na ja, vorher ist mir so was noch nie passiert.«

»Also«, sagt Stachelbart, »ich hätte als Jugendlicher ja ums Verrecken kein Jugendbuch freiwillig angefasst. Ist das nicht alles so Problemzeug über Mobbing oder Magersucht mit prickligen Helden? Na, egal, wem's Spaß macht ...«

Er reicht den Roman zurück, stirnfurchend, um sich gleich einen anderen Zeugen zu schnappen, während Lulatsch noch immer Ponger mustert. »Wir stehen also vor der Frage, gibt's hier zwingende Zusammenhänge oder bloß Korrelationen.« Mit zwei Fingern klopft er gegen das mächtige Kinn.

»Bitte?«

»Du bist Schrauber von Beruf, Junge?« Er deutet auf das Logo am Overall: Susis Garage. Ponger nickt. Vorgestellt haben sich der Lulatsch und Kollege bei ihm nicht, fällt Ponger auf. Polizisten, wahrscheinlich. Zivilpolizisten.

Er überlegt, wieso Lulatsch wohl so intensiv auf den Schriftzug starrt, als wolle er sich den Namen der Werkstatt scharf einprägen. Außerdem fällt Ponger auf, dass er selbst noch nickt. Und lässt es sofort bleiben, sagt: »Techniker, Lehrling. Ja, stimmt.«

»Lesender Handwerker in Ausbildung. Gefällt mir, gefällt mir. Schmökern schult ja Wortschatz und Einfühlungsvermögen. Kann man immer brauchen. Außerdem eignet man sich eine gewisse Kombinationsgabe an. Deshalb jetzt einfach aus Neugier: Sie war doch ungefähr in deinem Alter, ist dir vielleicht etwas Außergewöhnliches aufgefallen?«

Ponger tauscht einen Blick mit Lulatsch. Er muss daran denken, was der Bettler gesagt hat: ziemlicher Aufriss. Denkt auch an die Stimme von Henny, an das Silbrige darin. Ponger knackt mit den Fingern, presst die Lippen zusammen. Was hält ihn zurück?

Warum nicht in die Brusttasche greifen, alles erzählen und das Telefon, das nicht ihm gehört, ganz einfach aushändigen?

Der Arm zuckt schon nach oben. Dann stockt Ponger in der Bewegung. Kurz ist da sogar das Gefühl, er wird sich nie wieder rühren können.

Ponger schließt die Augen, einfach probehalber.

**18** Ponger öffnet die Augen wieder. Nein, hat nichts genützt. Weiter derselbe Tag: Er befindet sich auf einem Bahnsteig in einer völlig falschen Gegend. Vor ihm steht Lulatsch und mustert ihn, während Ponger das Telefon einer Fremden durch den Stoff im Overall zu spüren meint. Einer Fremden, die ihm auf den Kopf zugesagt hat, dass auch er vorsichtig sein muss.

»Das Blöde ist, ich war ja auf mein Buch konzentriert. Ich bin sogar in die falsche Bahn eingestiegen deswegen«, sagt Ponger.

»Und da sage einer noch, die Jugend lese nicht mehr. Hm, hm.« Plötzlich ist Lulatschs Rücken sehr gerade.

Pongers Gedanken stoßen gegen etwas Unsichtbares. Wie Wespen gegen Fensterglas. Er muss dem Lulatsch etwas anbieten. »Ich könnte sie Ihnen auf jeden Fall ganz gut beschreiben, glaube ich. Weil, nachdem ich die Sache mit dem Buch bemerkt habe, habe ich natürlich schon genauer hingeschaut.«

Die Zähne von Lulatsch blitzen, er lacht, ein ehrliches Lachen. Reibt Hände aneinander sauber, obwohl er nichts angefasst hat. »Lass mal gut sein.«

»Sie war barfuß«, sagt Ponger.

»Sechs Zehen?«

»Bitte?«

»Dummer Scherz. Vergiss es.«

Wieder denkt Ponger, das war's.

Doch dann geht der Vibrationsalarm.

# 19 Das fremde Telefon!

**20** Ponger blickt zur Bahnsteig-Uhr. »Zu Hause wartet man, bin spät dran heute.«

Lulatsch beobachtet einfach, was Ponger tut. Und weil Ponger nichts tut und das Vibrieren nicht aufhört, legt Lulatsch eine Hand ans Ohr. Als hätte Ponger etwas gesagt und er es nicht richtig gehört. Dann macht er: »Öhm …«

Was bleibt Ponger übrig?

»Ich gehe wohl besser mal ran«, sagt er.

**21** Die Tauben fliegen auf, eine zierliche Feder, vielleicht aus dem Brustkleid, segelt durch die Luft. Die Vögel gleiten knapp an Lulatschs Kopf vorbei. Der lange Kerl duckt sich unwillkürlich.

Das Federchen driftet in Richtung Bahnsteig, kreiselt in weiten Bögen gen Boden, trudelt in einer Pirouette auf Lulatschs Lederschuhspitze.

Schönes Leder, bohnenrot.

»Hi!«, sagt Ponger ins Telefon.

»Wenn du nicht reden kannst, rede jetzt nicht«, sagt Henny, »sag einfach o.k. Am besten die ganze Zeit. Ich wollte nur sagen, du bist nicht in Gefahr.«

Ponger nickt erst sinnlos und still ins Telefon.

Henny gluckst.

»O.k.«, sagt Ponger dann. Äußerlich gelassen, das kann er. Auch wenn es bis in die hintersten Winkel seines Kopfes rumort.

»War nur geflunkert«, sagt sie, »du bist natürlich extrem in Gefahr. So ist das ja immer, wenn das Kribbeln im Bauch mit im Spiel ist.« Ein selbstbewusster Tonfall, beinah harsch.

»O.k.«, sagt Ponger.

»Prima machst du das«, sagt sie, »wir werden uns wiedersehen. Ich habe nämlich einen Anschlag auf dich vor, völlig harmlos. Etwas zum Rätseln, wirst du mögen. Leider habe ich, wie du mitbekommen hast, einige Fans im Schlepptau. Die Leute, die sich für mich interessieren, sind mir schon im Zug gefolgt.«

»O.k.«, sagt Ponger, diesmal ein wenig anders betont, besorgter.

»Dürfte aber kein Problem sein. Nicht für mich, nicht für dich. Ich bin keine Kriminelle, hörst du. Bis zur Notbremsung habe ich nichts Verbotenes getan. Außer vielleicht, dass ich mich hier nicht ganz legal aufhalte.«

»O.k.«

»Bist ein Freund, Ponger, wirklich. Bleib schön auf der Hut. Ich melde mich wieder.«

Ob Ponger auch das Letzte einfach so o.k. finden soll? Nicht leicht zu sagen. Er schweigt versuchsweise mal: »...«

Legt Henny auf?

Von wegen. »O.k., Ponger?«

»O.k., o.k.«, sagt Ponger.

**22** Noch bevor er das Telefon vom Ohr nimmt, stellt er fest: Das ganze Schauspiel hat alles in allem auch sein Gutes. Lulatsch wittert offensichtlich keine heiße Spur. Mitfühlend, ratlos: die Art, wie Großeltern oft pubertierende Kinder anblicken – so betrachtet er Ponger, ehe er auf dem Absatz kehrtmacht.

Mit seiner flaumigen Taubenfeder am bohnenroten Lederschuh.

**23** Das Bemerkenswerteste am Rückweg? Wie vorhin sitzt auf der anderen Seite des Ganges jemand mit einem roten Hühnerkamm. Wenn auch diesmal ohne Begleiter. Und ohne Rosenstrauß. Eine Korrelation, tippt Ponger. Beliebte Frisur anscheinend. Ansonsten ist es eine Fahrt wie so viele. Sie endet für ihn an der Station, an der er sonst auch immer aussteigt nach der Arbeit.

Ponger will schnellstmöglich in die eigenen vier Wände. Also verlässt er den Zug und das Bahnhofsgebäude, ohne zu trödeln.

Ein zwingender Zusammenhang.

**24** Draußen feiner Regen, der anstatt zu fallen zu schweben scheint. Ponger senkt den Kopf. Sein Schatten im Laternenlicht: ein fast durchscheinender Fleck. Kinn auf der Brust folgt Ponger ihm.

Vom Wind herumgescheuchtes Zeug weht ihm vor die Füße: Laub und ein paar Parkscheine, ein hauchdünnes Plastiktütchen. Ponger tritt gegen eine Energydrink-Dose. Einfach, weil sie ihm in die Quere kommt.

Herrliches Geschepper!

Danach atmet er ein paarmal tief durch. Der Geruch nach Straße, Abgasen, Pfützen: der Stadtschweiß.

Was war das heute?

Er hebt die Schultern weit Richtung Ohrläppchen und wirft den Roman und das fremde Telefon eine Straßenecke weiter in einen Mülleimer.

Er geht ungefähr zehn Schritte.

Bleibt stehen.

Noch mal drei Schritte.

Ponger inhaliert feuchte Luft.

**25** Er dreht um und fischt den Bestseller wieder aus dem Müll, weil ihn doch interessiert, wie es weitergeht. Wer weiß, ob überhaupt stimmt, was er über das Ende gehört hat. Ponger wischt einmal über den Schutzumschlag.

Nur das Buch möchte er zurückhaben.

Das Telefon nicht.

HAMBURG-ROTHENBURGSORT,
SUSIS GARAGE

**26** Tags drauf: Ponger stiefelt auf gewohntem Weg zu Susis Garage, überquert zwei Brücken, bewundert den Frühnebel über den Kanälen, zwängt sich an den Absperrungen einer Dauer-Baustelle vorbei, an der nie jemand zu arbeiten scheint, passiert einen verwaisten Recyclinghof.

Sein Kinn klemmt er fest hinter dem Kragen des Overalls ein. Die Nase schaut raus in die Welt. Geduckte Lagerhallen und gesichtslose, überwiegend leere Bürogebäude, umgeben von trostloser Asphaltwüste. Das Gewerbegebiet ist so menschenleer wie immer zu dieser Stunde.

Als er an der ehemaligen Autowerkstatt ankommt, lehnt Susi draußen an ihrem klapprigen Kombi für Hausbesuche. Auf dessen Dach befindet sich ein Leuchtschild, wie auf einem Krankenwagen: Susis Notdienst. Und auf dem Heck klebt ein Aufkleber: Wir schenken Flippern ein zweites Leben!

»Willkommen zu einem neuen Morgen in der Klinik«, begrüßt sie Ponger. Eine feine Rauchspur kringelt sich in die Luft empor, die Spitze der Zigarre glüht auf, als Susi am anderen Ende zieht und pafft. Ponger hebt fahrig die Hand zum Gruß. Er lauscht.

Hört, dass er und seine Chefin nicht allein sind.

**27** Ponger eiert die Auffahrt zum Hof hoch. Zwischen dem Kopfsteinpflaster vor dem geziegelten Gebäude sprießt überall Grünzeug hervor. Ein wuchtiger Baum, der einzige seiner Art in der Straße, wenn nicht im ganzen Viertel, reckt sein Haupt weit über den Werkstattschuppen.

Von drinnen hört Ponger ein Puckern und Klackern und Bimmeln, gedämpft durch das geschlossene Rolltor, aber unverkennbar die Geräusche des Orbitor 1. Und eine weibliche Stimme, die wilde Laute hervorstößt: »Grozna si kato salata!« Ein bulgarischer Fluch, soweit Ponger weiß.

»Den Orbitor 1 scheint sie wirklich zu mögen«, sagt er.

Susi verschluckt sich prompt am Zigarrenqualm, hustet vor Lachen. Ihre beleibte Erscheinung bringt damit sogar den Kombi ins Wippen. »Du bist eine Nummer«, sagt sie.

Ponger versteht nicht ganz, was sie meint. »Bei dem Gerät müsste ich dringend mal die Gummis an den Flipperfingern austauschen«, sagt er.

Er könnte bei der Gelegenheit auch gleich die klappernden Relais wieder in Ordnung bringen. Würde ihn ein Lächeln kosten. Einfach das verharzte Fett mit Spray lösen. Wahrscheinlich wär's das schon.

Susi schüttelt den Kopf. Betrachtet ihn mit ihrem patenten Blick wie ein exotisches, aber putziges Tierchen. »Ich liebe das«, sagt sie, »du hörst bloß ein bisschen vom Georgel der Soundeffekte, und du erkennst also wirklich nur daran, wer drinnen an welchem Flipper steht?«

Jedes Gerät hat seinen ganz eigenen Klang, Geruch, Charakter. Und die Vorlieben der Menschen, die an den Geräten spielen, lassen sich leicht merken. Er nickt.

**28** Manchmal ist Tiffany da. Colette und Gina: Auch die schauen hin und wieder vorbei nach einer harten Nacht. Aber heute jagt Stella ihren eigenen Rekord, die Punkteanzeige rattert. Die Mädchen vom Straßenstrich um die Ecke wissen, wo der Ersatzschlüssel zur Werkstatt liegt. Im Vogelhäuschen vom Hof-Baum.

Susi hat in der Halle mit der Hebebühne eine Couch aus abgeschabtem Kunstleder stehen. Abgesehen von ein paar kleineren Brandlöchern gibt es an dem unverwüstlichen Teil wenig auszusetzen. Die karierte Schurwolldecke liegt immer bereit. Tiffany, Colette, Gina und Stella wissen, wie man morgens die Kaffeemaschine zum munteren Gurgeln bringt.

Solange sie sich an Susis Regeln halten, dürfen sich die Frauen in der Garage gern über Nacht einnisten.

Keine Freier.

Keine Drogen.

Keine benutzten Kondome im Müll.

Gültige Papiere.

Und Couch räumen, bevor Susi und Ponger zur Arbeit aufkreuzen.

Für Tiffany, Colette, Gina und Stella ist der alte Schuppen so etwas wie ein Zufluchtsort. Ein paar Häuser weiter gibt es sonst nur noch ein Tattoo-Studio, das bis Mitternacht geöffnet hat. Und eine Tankstelle ein Stück die Straße hoch, eine von denen mit den gelben Dächern.

Besonders Stella würde Susis Gastfreundschaft niemals leichtfertig aufs Spiel setzen. Das Abreagieren an einem Flipperautomaten, ein kurzer Plausch mit Susi – sie meint, manchmal würde ihr das den Verstand retten.

Wobei Susis Rolle vor allem die der Zuhörerin ist. Meist kann sie am Punktestand schon ablesen, wie Stellas Nacht war. »So schlimm?«, fragt sie.

»Dieser Freier war mit mir in einem Motel«, erzählt Stella, während sie ihren letzten Ball im Loch der Spielfläche verschwinden sieht, »wir stehen da in dem schummrigen Raum. Mein Oberteil habe ich gerade so aufgeknöpft, dass ein Stück meiner Brüste schön zu sehen ist. Und was sagt er da? Er sagt: Mach mal das Licht mit der Nase an.«

Stella weint.

Sie schluchzt und muss sich auf einer Seite die falschen Wimpern abnehmen.

Susi tätschelt ihr ein wenig plump und grob die Schulter. »Ich finde deine Nase genau richtig«, sagt sie.

Stella fächelt sich mit der Hand Luft zu: »In dem Job erlebt man ganz andere Sachen, ich weiß. Aber das war dann doch zu persönlich.«

»Geh bitte nicht ins Detail«, sagt Susi. Die erkaltete Zigarre zwischen den Zähnen. Und ein Auge auf Ponger gerichtet. So nach dem Motto, das ist nichts für die Ohren des Jungen.

Ponger verfolgt den Weg einer von Stellas Tränen nach. Wie sie über Stellas Mund rinnt, über die geschwungene Oberlippe bis zur vorgewölbten Unterlippe, beide pink geschminkt.

»Viel mehr gibt es auch nicht zu erzählen«, sagt Stella, »ich habe eine Viertelstunde das Licht auf Kommando an- und ausmachen müssen. Mit der Nase. Eine Viertelstunde! Was ist nur los mit dieser Welt? Was sind das nur für Menschen?«

Stella zwängt sich in eine sehr, sehr kurze, sehr, sehr enge Lederjacke. Ein Kleidungsstück, das aussieht, als würde es sie am Atmen hindern.

»Was sind das für Männer?«, formuliert Susi um.

Stella nickt. Im getönten Haar, stumpf wie ein Puppenschopf, bewegt sich nicht eine Strähne. Die Zungenspitze leckt die Träne vom Mund. Dabei bemerkt Stella Pongers Blick. »Hast du eigentlich eine Freundin?«

**29** Ponger durchzuckt es. Bei Stellas Frage muss er plötzlich an gestern denken. An das barfüßige Mädchen. Hat sie ihm nicht indirekt unterstellt, verknallt zu sein? Oder wie war das gemeint, als sie davon gesprochen hat, dass Gefahr droht, wenn das Kribbeln im Bauch mit im Spiel ist? Er erinnert sich, dass er sich ertappt gefühlt hat.

Wieso nur?

Und wieso fühlt es sich jetzt wieder danach an?

**30** »Seine Freundin ist Cheerleaderin«, sagt Susi, im halbernsten Flüsterton. Stella schiebt die vorstehende Unterlippe noch weiter vor. Ein Ausdruck von Anerkennung wahrscheinlich.

»Zuletzt hat sie sich ein wenig rargemacht«, sagt Ponger.

»Nun spiel es nicht so runter. Du schienst die letzten Wochen ziemlich auf Wolke sieben zu schweben. Hast keinen Auftritt verpasst.«

»Wo habt ihr euch denn kennengelernt?«, will Stella wissen.

»In der Bahn.«

»Ich dachte, in der Bücherei?«, merkt Susi an.

»Habe ich das nicht gesagt?«

»Nein«, sagen die Frauen im Duett.

Erst da registriert Ponger den Fehler. Er muss sich konzentrieren. »Versprecher«, sagt er, »neben dem Sport ist sie eine leidenschaftliche Leserin, definitiv, aber zwischen uns ist ja alles noch sehr in der Anfangsphase.«

»Süß«, sagt Stella, »noch die Phase, wo's heißt: Küsse gibt's nur im Stehen?« Sie klimpert mit dem einen verbliebenen Kunstwimpernkranz.

»Eher noch davor.«

»Gibt's ein Bild?«

Ponger schüttelt den Kopf: »Nicht wirklich. Nur von weit weg.« Er zeigt eine Aufnahme vom vorigen Freitag: Dreizehn Mädchen in Cheerleader-Kostümen in einer Sporthalle. »Da macht sie gerade Flic-Flac.«

Als er das Foto größer zieht, erkennt man alles noch schlechter als vorher. Er verstaut das Telefon schnell wieder im Overall.

»Behandle die Mädchen immer anständig!« Stella holt einen Gegenstand aus ihrer Handtasche, einen winzigen Elektroschocker, den Ponger ihr gebaut hat. Sie lässt ihn einmal auffauchen. »Sonst geht's dir wie Typen, die einen nicht anständig bezahlen wollen, nachdem sie einen erniedrigt haben.«

Das Nachbild von zappelnden Mini-Blitzen brennt vor Pongers Augen.

»Du brauchst jetzt Schlaf, meine Liebe«, sagt Susi zu Stella.

**31** Als Stella um acht Uhr durch die verzogene Tür neben dem Rolltor in den Morgen stöckelt, bleibt ihr Duft noch eine ganze Zeit in der Garage.

Blumig und verwirrend hartnäckig.

**32** Funken wirbeln durch die Luft, wenn Susi am Schweißgerät steht. Ein Regen aus glühenden Fädchen. Ponger lächelt, wenn Susi mit den Popstars um die Wette grölt, die im Radio gespielt werden. »Shine bright like a diamond! Uh oh-oh!« Und wenn Susi still über einem Schaltplan brütet oder eine Platine unter der Lupe inspiziert oder in den Innereien eines offenen Geräts hantiert, wartet Ponger auf ihr rasselndes Hüsteln.

Zwei Mal kurz, ein Mal lang.

Bevor sie ihn zu sich rufen kann, steht er dann schon hinter ihr.

»Fehlende Spulenhülse«, sagt er.

Susi nickt. »So ist das, wenn der Pfuscher von Vorbesitzer eigenhändig ans Werk geht«, knurrt sie tadelnd, »guck dir das an. Da drüben müssen die Kontakte auch um den Hauch eines Millimeters auseinander. Sonst steht das Relais ja dauerhaft unter Strom.« Sie deutet auf die Spulen eines Schlagbaums.

»Ich kann mich drum kümmern«, sagt Ponger.

Und ist schon dabei.

Mit Reparaturen dieser Art vergehen die Stunden. Löten und Kontakte reinigen, Säureschäden beheben, Sicherungen austauschen, sich um gelöste Drähte kümmern. Ponger poliert gerade die Stahlkugel einer 1979er Gottlieb-Count-Down-Pinball-Machine, als draußen ein Elektroauto beinah geräuschlos vorfährt. Auf der Auffahrt knirschen Steinchen unter Reifen.

Ponger legt die Kugel vorsichtig, fast zärtlich in den Abschusskanal zurück, betrachtet den Flipperautomaten. Den Aufbau mit dem Zählwerk ziert das großformatige

Bild eines Astronauten, der offensichtlich zu halluzinieren scheint, denn vorm Fenster seiner Raumkapsel sieht er eine Art Alljungfrau, ein anatomisch höchst beeindruckendes Geschöpf in einem Badeanzug. Knallrot, besetzt mit Strass-Sternen. Sie schwebt lächelnd im Vakuum.

Ponger lächelt nicht.

# 33 Die Werkstattklingel schrillt.

**34** Kurz darauf taucht Susi in der Nische auf, in der Ponger auf einem knarzenden Drehstuhl hockt, wie immer, wenn er sich um tüfteligen Kleinkram kümmert – oder sich vor unangekündigtem Besuch zurückzieht. Thermoskanne mit Tee neben sich.

»Da ist ein Typ namens Winotzki. Mindestens zwei Meter. Auffällig wie ein Leuchtturm. Er meint, ihr kennt euch. Trägt Anzug und hat so'n abgebrochenen Wadenbeißer im Schlepp. Vielleicht Leute von der Behörde?«

Susi flüstert.

»Gab einen Zwischenfall in der S-Bahn gestern. Schwer auf die Schnelle zu erklären«, sagt Ponger. Sieht die Besorgnis in Susis Gesicht.

»Ich kann sie wegschicken«, sagt sie, »ich lass mir was einfallen. Ich kann Pörl verständigen, wenn du willst.«

Ponger schüttelt den Kopf, geht rüber in die Halle.

# 35

Der Lulatsch namens Winotzki und Stachelbart, der sich als Hotsch vorstellt, drehen sich wieder und wieder um die eigene Achse, um den Ort in Augenschein zu nehmen. Lagerregale voller ausgeschlachteter Röhrenfernseher, Kartons mit überquellendem Kabelsalat, Kisten mit grünen Leiterplatten. Ein paar Telefone und altmodische Radios aus diversen Jahrzehnten.

Und dann natürlich die Flipperautomaten. Im Augenblick dürften es gut dreißig Stück sein.

»Würde sagen, der Abstecher hat sich schon mal gelohnt. Was für eine Schatzkammer«, sagt Winotzki. Ohne erkennbare Ironie. »Das stimmt einen ja geradezu nostalgisch.«

Hotsch zieht nur die Augenbrauen hoch: »Friedhof der Spielautomaten. Immerhin wissen wir jetzt, wohin die Dinger verschwunden sind, als ihre kurze, aber laute Ära in den Kneipen zum Fall für die Geschichtsbücher wurde.«

Auf Stachelbarts Geknurre reagiert Susi prompt allergisch: »Ob man's glaubt oder nicht«, sagt sie spitz, »aber es gibt Sammler und inzwischen sogar Museen. Die Geräte werden geliebt. Vielleicht sogar mehr denn je.«

»Na ja«, Hotsch dreht den Kopf zu Susi, »lässt sich davon denn leben?«

»Randvolle Auftragsbücher. Wir kommen zu zweit kaum hinterher, könnten praktisch ununterbrochen durch die Lande tingeln. Für seltene Geräte werden inzwischen Mondpreise geboten, sofern der Zustand tipptopp ist.«

Winotzki leuchtet das auf der Stelle ein. »Die Leute werden flippern, um alte Kinder- und Jugenderinnerungen aufzufrischen. In die Geräte hat man früher die letzte Münze reingesteckt.«

Susi nickt.

Sind das Schweißperlen auf ihrer Stirn?

»Und der Junge«, will Hotsch wissen, »kommt der mit der alten Technik klar? Die meisten Dinger sind doch bestimmt aus dem letzten Jahrhundert.«

»Der Junge? Der ist ein Naturtalent. Zeichnet Schaltpläne einfach selbst, wenn die uns fehlen. Der erkennt auf einen Blick, wenn irgendwo ein Sockel schief verlötet wurde. Den hat der Himmel geschickt.«

»Da schau her. Faszinierend.«

»Er ist Gott. Aber ich bin Chef von Gott.«

Susi lacht sich eins.

Keine schlechte Schauspielerin, findet Ponger.

**36** Winotzki kratzt sich die rasierte Wange, verströmt einen Geruch von Holz, frisch gesägtem. Das verblüfft Ponger. Beim Betrachten aus der Ferne hat er noch ein auffälliges Aftershave erwartet. Und Susi und Ponger fahren erschrocken zusammen, als der große Mann jetzt sehr plötzlich an ihnen vorbeistelzt.

»Mars Attacks!«, sagt er laut. Bewunderung in der Stimme. Schreitet wie von einem gigantischen Magneten angezogen auf einen der Flipperautomaten zu. Seine feingliederige Hand gleitet über die Glasplatte, die das Spielfeld schützt: »Oh, da juckt es in den Fingern.«

»Tun Sie sich keinen Zwang an«, sagt Susi.

Sie gibt Ponger einen Wink. Er steckt den Stecker in die Dose, öffnet die Kassenlade mit den Einsteckschlitzen für die Münzen und drückt dahinter auf den Knopf für Freispiel.

Winotzki knackt mit den Knöcheln. Bremst sich dann aber doch, scheint sich auf etwas zu besinnen. Er wendet sich an Ponger. »Wegen gestern bin ich noch mal ins Grübeln gekommen. Wenn dir das Mädchen aufgefallen ist, weil sie das gleiche Buch gelesen hat wie du, könnte es da nicht durchaus sein, dass es auch umgekehrt genauso der Fall gewesen ist?«

Kiefermuskeln, die sich unter der Haut bewegen, auch wenn er nicht spricht.. Winotzki hat den Blick herausfordernd direkt auf Ponger gerichtet.

»Weiß nicht«, sagt der, »ich bin ja eher so der unauffällige Typ, immer schon gewesen.«

»Auf deinem Overall steht ziemlich deutlich Susis Garage, weißt du. Ist ja kein Kunststück, dich zu finden. Und vielleicht gibt es zwischen Buchlesern ja so etwas wie eine

Art Grundvertrauen. Zumal, wenn man offenbar den gleichen Geschmack teilt. Entschuldigung, ich denke nur laut.«

Steif bleibt Ponger stehen, hängende Arme. »Darüber habe ich noch nie nachgedacht, muss ich gestehen. Sie meinen, das Mädchen könnte hier bei uns auftauchen. Aber warum?«

Hotsch sagt, indem er sein Gesicht dem Pongers nähert: »Das wird sie dir kaum unter die Nase reiben, würde ich schätzen. Wer auf offener Strecke aus Zügen aussteigt, tut das nicht, weil er keinen gültigen Fahrschein hat. Mehr können wir dir im Augenblick leider auch nicht sagen.«

»Ich verstehe kein Wort«, mischt Susi sich ein.

»Laufende Ermittlungen.« Hotsch, der Polizeihund, schnaubt einmal die Atemwege frei. Setzt hinzu: »Mein Rat, wenn die Kleine hier auftauchen sollte und euch um einen Unterschlupf oder einen sonstigen Gefallen bittet, geht nicht darauf ein.«

Wie aufs Stichwort reicht Winotzki Ponger eine Visitenkarte, kocht dabei die Sache aber runter: »Nur für den Fall der Fälle. Der Punkt ist der: Wir würden furchtbar gerne mit der jungen Dame sprechen.«

# 37

Herr und Hund begeben sich zur Tür, die Unterredung ist längst beendet, als Hotsch einen Telefonanruf entgegennimmt.

Winotzki nutzt die Unterbrechung, kehrt noch einmal um. »Wenigstens einen schnellen Ball«, sagt er.

**38** Fachmännisch spielt Winotzki mit der Spannkraft der Zugfeder herum, bevor er den Griff der Flipperstange loslässt.

Winotzkis Oberkörper geht mit, wenn er die Stahlkugel mit den Hebeln wuchtig gegen die Aufbauten knallt. Fanfaren und Signale ertönen. Die mechanische Stimme des Geräts verkündet: »We must build an atomic blaster!«

Winotzki grinst, die Erinnerung scheint zurückzukehren, und er stimmt von nun an bei den Durchsagen synchron mit ein: »Mamma Mia! Multibaaaaaall! The Martians are destroying the tower of Pisa!«

Die Punkteanzeige rattert und blinkt.

Aber dann ist Hotsch zurück: »Wir müssen los. Die SpuSi hat vielleicht was«, sagt er, »einer von uns sollte mal einen Blick riskieren.«

Winotzki gibt dem Automaten zum Abschied einen kleinen Klaps auf die Seitenverkleidung. Zu Ponger sagt er: »Junge, eins noch, in aller Freundschaft. Wir erleben andauernd, dass sich Leute schwertun, uns zu informieren, wenn sie etwas wissen. Was ich gut nachvollziehen kann. Gerade in diesem Fall. Es macht schnell einen eigenartigen Eindruck, wenn Vertreter von Sicherheitsorganen hinter jungen Leuten herjagen. Man kennt ja die Rollenverteilung aus dem Kino. Hier die Guten, da die Bösen. Färbt leider stark auf die Wirklichkeit ab und führt immer wieder zu voreiligen Schlüssen.«

»Ich komme nicht hinterher«, sagt Ponger.

»Die Wahrheit lautet«, sagt Winotzki, »wir haben keine Ahnung, wer dieses Mädchen ist. Kollegen haben sie aufgegriffen und sie konnte oder wollte sich nicht ausweisen.«

»Sie hatten sie schon und sie ist getürmt?« Es platzt so aus Ponger heraus. Ihm ist, als hätte ihm jemand in den Magen getreten. Und auch Susi scheint nicht wohl zu sein. Sie hält sich entgeistert und stumm am Mars-Attacks-Flipper fest.

Winotzki sagt: »Du könntest dich fragen, warum hängen sich Typen wie wir in die Sache so rein? Ein naheliegender Schluss wäre dann, wir suchen die Unbekannte aus Gründen der Gefahrenabwehr.«

»Und das wäre nicht der richtige Schluss?«

»Sie könnte auch schutzbedürftig sein. Oder?«

»O.k.«

»Du wirkst skeptisch.«

»Ich finde, das macht alles noch rätselhafter«, gibt Ponger zu.

»Du meinst, so ein Fahndungsaufwand, um eine unbekannte Person vor unbekannten Bedrohungen zu schützen?« Winotzki räuspert sich. »Letztlich hat das mit dem Protokoll zu tun.«

»O.k.«

Der Lulatsch rückt an seiner Krawatte herum und holt tief Luft. »Pass auf: Verweigert jemand die Identitätsfeststellung komplett, hat das Gründe. Denen ist nachzugehen. Vielleicht haben wir es im Falle dieses Mädchens mit einer harmlosen Persönlichkeitsstörung zu tun. Teenagerkram. Oder es dreht sich um einen unerlaubten Aufenthalt im Land. Kommt häufiger vor. Niemand weiß es im Moment. Aber falls nichts Harmloses dahinterstecken sollte und etwas passiert, müsste man erklären, wie es sein kann, dass sich eine Person der Obhut der zuständigen Dienststelle entzogen hat. Eine womöglich sogar minderjährige Person. Ein totales Desaster.«

Ponger schwirrt der Kopf. »Warum erzählen Sie mir das jetzt plötzlich doch alles?«

»So ein Bauchgefühl.« Winotzki tätschelt Ponger die Schulter. »Hilfst du uns, hilfst du dir, wenn du verstehst, was ich meine.«

»Nein.«

Hotsch kneift die Augen zusammen. »Es wird fürchterlich bürokratisch, sofern Ermittlungen, die aus dem Ruder gelaufen sind, ins Stocken geraten. Glaub mir, allen graut vor dem Papierkram, der auf uns zurollt, falls sie nicht bald wieder auftaucht. Und als Zeuge hängst du dann plötzlich voll mit drin.«

»Warten wir's ab«, sagt Winotzki abschließend, »nichts passiert je exakt so, wie man es sich vorstellt.«

Und dann brechen sie wirklich auf.

Der Flipperautomat schickt ihnen noch eine Fanfare hinterher.

**39** Susi kreuzt die Hände über dem Kopf, legt sie auf den Haaren ab. Rote Flecken im Gesicht. »Hast du den Typen gesehen? Der sah von oben bis unten so korrekt aus, der hatte Bügelfalten im Gesicht.«

Ponger schaut auf das rechteckige Pappkärtchen in seiner Hand: »Hier steht: Behörde für Bevölkerungsschutz und Katastrophenhilfe, Abteilung II – Risikomanagement, Internationale Angelegenheiten.«

Susi runzelt die Brauen: »So, und jetzt erzähl aus deinem faszinierenden Leben, Junge. Wer war die Süße in der Bahn?«

»Wir haben beide das gleiche Buch von John Green gelesen.«

Seine Chefin sieht ihn an, als wäre Ponger ein wenig zurückgeblieben. »Komm schon.«

»Margos Spuren.«

»Das meinte ich nicht.«

»Sie hat auf einmal die Notbremse gezogen. Ist getürmt. Am Bahnsteig standen dann Winotzki und dieser Hotsch und Polizei, viel Polizei.«

Die Sache mit dem Telefon unterschlägt er. Auch so ist Susi schon mehr als besorgt. Sie überlegt hin und her, das sieht man. »Weshalb dieses Mädchen in Wahrheit gesucht wird, darüber haben sich diese beiden Beamtenheinis ausgeschwiegen. Ganz schön rätselhaft, gar nicht gut.«

»Ich weiß.«

»Protokoll und Bauchgefühl. So ein Quatsch.«

»Ja, der kannte tolle Vokabeln.«

»Kann sein, dass sie nur geblufft haben und nicht wieder auftauchen. Aber wenn doch, dann haben wir den Salat.«

»Keine Schwierigkeiten, das war die Regel«, sagt Ponger und schaut bedröppelt drein. Schuldig und unschuldig zugleich.

»Wir können so nicht weitermachen. Beim nächsten Mal werden sie deine Personalien aufnehmen wollen. Du brauchst Papiere. Was, wenn die mir den Laden dichtmachen?«

Susi und er haben bisher nie eine solche Unterhaltung geführt. »Bin ich entlassen?«

Susi erhebt sich, schnappt sich eine Tube aus dem Regal, cremt ihre Hände mit Lotion ein, für die Geschmeidigkeit, wie sie immer sagt. Außerdem hilft ihr der Geruch beim Denken, behauptet sie. »Wie soll ich dich entlassen? Dafür müsstest du ja richtig angestellt sein. Du musst einfach eine Weile aus der Schusslinie. Hilft nichts. Wenn die dich das nächste Mal suchen kommen, sage ich, du bist spurlos verschwunden. Von jetzt auf gleich. Und natürlich habe ich von dir auch nur eine falsche Adresse. Die Jugend von heute ...«

»Ich spreche mit Pörl.«

»Tut mir leid, Junge, wirklich.«

»Ist schon okay.«

»So sind einfach die Regeln. Wie heißt das noch mal gleich? Erst wenn der Regen da ist, bereut man, keinen Schirm gekauft zu haben.«

»Ich weiß.«

»Lass uns das als Chance verstehen. Pörl und du, ihr hättet das Offizielle längst regeln sollen, und wenn diese ganze bescheuerte Bürokratie mal erledigt ist, geben wir wieder zusammen Gas. Versprochen.«

»Alles gut. Ich kümmere mich eben nur noch kurz um den Alien-Poker-Pinball. Ja? Das Kugelkatapult ist nicht ganz in Ordnung.«

»Das musst du nicht.«

»Ich habe eine Idee, wie ich das schnell wieder repariert habe.«

Susis müder Gesichtsausdruck. Sie öffnet das Portemonnaie, das sie aus dem Overall gefischt hat. Er lehnt das Geld ab, das sie ihm geben will. Sie stopft es ihm in die Brusttasche. Zaubert noch etwas hervor. »In der Aufregung fast vergessen, dein Ticket für heute Abend, wie immer. Geh zum Spiel. Das wird dich ablenken. Was meinst du? Lad hinterher doch mal Henny auf einen Happen und ein Getränk ein.«

**40** Enge im Hals. Ponger fürchtet, er steht ziemlich belämmert da. »Henny?«

Verwirrend.

Ponger hat das Mädchen im gelben Regenmantel vor Augen. Obwohl gerade von einem anderen Mädchen die Rede ist, von der Cheerleaderin.

Natürlich.

Henny, so hat er sie getauft.

Beide.

Weil er weder von der einen noch von der anderen den richtigen Namen kennt. Aber das kann Susi nicht wissen, und sie nimmt ihm seine Frage deshalb auch nicht krumm.

»Mich wühlt das alles auch ziemlich auf«, sagt sie, zittert tatsächlich, als sie die Zigarre anzündet. »Was mache ich eigentlich, wenn die mysteriöse Dame aus der Bahn wirklich plötzlich zur Tür reinspaziert?«

Ponger weiß es nicht. »Dann sag ihr einfach, ich arbeite hier nicht mehr.«

»Das zerreißt mir das Herz, wenn du es aussprichst.«

»Es ist ja nicht deine Schuld, dass ich keine Papiere habe«, sagt er.

**41** Ponger verlässt die Werkstatt, als es bereits dämmert. Geht unter dem Geäst des Hof-Baums entlang. Im Halbdunkel sieht Ponger die Schatten der Zweige. Lautlos wiegen sich die Abbilder auf dem Steinboden hin und her.

Die Eintrittskarte für das Basketballspiel steckt als Lesezeichen im Buch, und das Buch hat er in der Hand.

Niemand ist aufgetaucht während Pongers letzten Stunden in Susis Garage. Leider der einzige Lichtschimmer.

Schwer abzuschätzen, ob all die Aufregung vielleicht schnell wieder verpufft. Aber wenn nicht? Alles scheint plötzlich so ungeklärt wie sein Aufenthaltsstatus.

Ponger hat den Duft von Susis Handlotion in der Nase. Vermischt mit dem Geruch des Orbitor 1, an dem er ganz zum Schluss noch die Gummis gewechselt hat. Dieser Duftmix ist wahrscheinlich auch verantwortlich für die Beklemmung im Brustkorb. Ein typisches Romangefühl, ein unschönes.

In der Wirklichkeit ist das neu für Ponger.

Verwirrend neu.

Ein Schauer jagt ihm über den Rücken.

# IV

## REIHERSTIEGVIERTEL, HAMBURG-WILHELMSBURG

**42** Die Hängelampe hat einen Kegel aus behaglichem Licht ins Dunkel des Raums gezirkelt. Der Schirm aus Seidenstoff mit den wolligen Fransen verströmt den Geruch von sengendem Staub und vergangenen Epochen.

Ponger sitzt zu Hause am Tisch mit Pörl.

Besorgt.

Er zögert das Geständnis hinaus. Wie nur erzählen, dass Susi ihn vor die Tür gesetzt hat?

Pörl puzzelt, während Ponger im Essen stochert.

**43** Die Gabel hackt gegen den Tellerboden, unrhythmisch, pickt ziellos an Nudeln vorbei wie der Schnabel eines trübsinnigen Huhns. Ponger unternimmt einen vorsichtigen ersten Anlauf. »Hat Susi bei Ihnen angerufen?«

Pörl hebt das Haupt. Runzeln und Falten. Das Haar ein watteweißes Wölkchen. Ganz die ältere Dame. Eine zierliche Person. Wie stets im eleganten, gemusterten Kleid, wie stets mit rasiermesserscharfem Lidstrich.

»Zigarren-Susi? Nein. Ich glaube auch, Susi hat keine große Lust, sich von mir schon wieder einen Vortrag darüber anzuhören, dass diese stillosen Overalls, die ihr trägt, eine ästhetische Beleidigung sind. Allein diese Farbe. Was ist das? Stützstrumpfbeige?«

»Die Overalls sind praktisch.«

Pörl lässt tadelnd die Brauen hochschnellen, halbironisch. Sie sagt: »Gibt's denn was Neues?«

# 44

Ein Rascheln im Karton, als Pörl in den Puzzleteilen rührt. Auf gut Glück fischt sie eins der Plättchen heraus, legt es vor sich auf den Tisch, schaut, ob sie es anlegen kann. Ponger beschließt, ähnlich vorzugehen. »Susi hat mir heute Geld und ein paar Tage freigegeben.«

»Nanu.«

»Ja. Und eine Karte fürs Spiel heute Abend, natürlich.«

»Du hast dir ein bisschen Abwechslung redlich verdient. Ich finde das gut, sehr gut.« Die Lidstrichaugen, leicht eingetrübt, aber voller Wärme, senden einen Gruß über den Tisch, von Herzen.

»Ich würde lieber arbeiten.«

Mit den Fingerspitzen schiebt Pörl das Puzzlestück zur Seite. Die alte Dame stützt sich mit verschränkten Armen auf den Esstisch. »Sollen wir nicht einfach mal ein paar Tage mit dem Wohnwagen wegfahren?«

»Weiß nicht. Obwohl es eine schöne Idee von Ihnen ist.«

»Frag doch Henny, ob sie mitkommt.«

Henny, die Cheerleaderin. Henny, die auch Pörl nur aus Erzählungen kennt. Ponger hofft, es möge sich nur innerlich so anfühlen, als würde ihm das Gesicht verrutschen. »Die hat sicherlich Schule.«

»Morgen ist Freitag. Bis Sonntag können wir zurück sein. Ein Kurztrip. Oder meinst du, das überfordert sie?«

Er legt das Besteck zur Seite. Greift nach einem schrumpeligen Blatt aus dem Trockenblumenstrauß, der mittig zwischen ihnen steht. »Ich kann fragen.«

»Natürlich würde ich mich bemühen, euch nicht zu sehr auf den Wecker zu gehen. Aber ich finde, es wird Zeit. Wo du immer so nett von ihr erzählst ...«

»Von Ihnen wäre sie auf jeden Fall angetan.«

»Du hast sie mir ja noch nicht vorgestellt.«

Was amüsiert Pörl so? Ihre Mundwinkel umspielt ein Lächeln, das Ponger in die Kategorie vielsagend einordnen würde. »Entschuldigen Sie«, sagt er, »ich bin nicht ganz bei der Sache. Ich finde einfach, Reisen ist ein Risiko.«

»Ach, mein Großer.«

Der Blumenstrauß auf dem Tisch wackelt, als Ponger jetzt aufsteht, um den Teller abzuräumen. »Was passiert, wenn wir einen Unfall haben und rauskommt, dass ich ohne Papiere bei Ihnen lebe?«

»Dann wird vermutlich festgestellt werden, dass man es in deinem Fall mit ungeklärter Staatsbürgerschaft zu tun hat.«

»Was wird aus meiner Arbeit?«

»Was passiert, wenn du rausfindest, dass du die schönste Zeit deines Lebens verpasst hast, weil du dir Fragen stellst, auf die niemand eine kluge Antwort weiß? Im Augenblick ist doch alles gut, oder?«

»Ich möchte einfach nicht, dass Sie meinetwegen Ärger bekommen.«

Pörl zieht einen Flunsch. Ihre Art, ihm mitzuteilen, dass sie diese Sorte Gedanken gar nicht mag. »Bin ich nicht alt genug, auf mich selbst aufzupassen?«

»Sind Sie, schätze ich.«

»Ich habe dir versprochen, ich beschaffe dir, was du brauchst, bevor ich diesen Planeten verlasse. Du sollst ein junger Mensch sein wie jeder andere.«

»Ich wäre gern ein junger Mensch wie jeder andere.« Er hofft, damit einen Punkt hinter das Gespräch zu setzen.

»Ich weiß.« Pörl nimmt ein neues Puzzleteil aus dem Karton, hält es kurz zwischen Daumen und Zeigefinger wie den Flügel eines toten Insekts. Legt es dann flink in einer Lücke an. Es passt. »Um ein junger Mensch wie jeder andere zu sein«, meint sie, »genügt es aber nicht, sich jugendlich zu kleiden, einen modernen Haarschnitt zu haben, regelmäßig zum Zahnarzt zu gehen und sich darum zu kümmern, dass man nicht über die eigenen Schnürsenkel stolpert.«

»Ich war noch nie beim Zahnarzt.«

»Täusche ich mich? Oder haben wir dieses Gespräch vielleicht schon einmal geführt?« Pörl lacht.

Er steht da, Fuß auf dem Pedal des Treteimers, schabt letzte Essenreste vom Teller. »Siebenundzwanzig Mal. Mit heute«, sagt er.

**45** Der seufzende Dielenboden unter den Füßen. Ponger zieht sich in seine Kammer zurück, eine Art Nische hinter einer Schiebetür, spärlich möbliert. Er mag das so. Es gibt eine Pritsche zum Schlafen, die er tagsüber hochklappt. Der Raum wäre auch zu schmal für eine andere Lösung.

Die große Kunst?

Sich nicht jedes Mal beim Umziehen blaue Flecken zu holen. Das gelingt nur mit einer gewissen Gelenkigkeit und Übung.

# 46

Fertig angezogen will Ponger den Arbeitsoverall auf einen Bügel hängen, als er am Fenster einen Schatten vorbeigleiten sieht. Bei ihm im obersten Stockwerk unterm Dach. Er zuckt zusammen, als bekäme er einen Stromstoß verpasst.

Am Boden neben Ponger schlägt ein Stoffhaufen auf. Er hat den Overall wie einen Kuhfladen plumpsen lassen.

Jetzt klopft es an der Scheibe.

Er tritt näher.

Öffnet.

Das verwaschene Licht von draußen, von den Straßenlaternen und aus den gegenüberliegenden Mietshäusern, umhüllt sie mit samtigem Glanz.

»Was hast du gedacht? Ich habe dich ein Mal gefunden. Natürlich finde ich dich auch ein zweites Mal.« Sie springt ins Zimmer, im Regenmantel. Nickt ihm auffordernd zu: »Du musst was sagen.«

»Und? Was sage ich jetzt?«

Fröhlicher, erwartungsvoller Blick von ihr: »Ich bin gespannt ...«

Er sucht nach einer Eingebung. »Welche Schuhgröße hast du?«

Ihre Schultern hüpfen vor Lachen. »Woher soll ich das wissen?«

»Was ist so komisch?«

»Na, du.«

Er, komisch? Dabei läuft sie noch immer barfuß herum. Ponger zählt die Zehen. Nicht sechs. Fünf. »Warum kletterst du vor meinem Fenster herum?«

»Du hast meine Anrufe ignoriert.«

»Ich habe das Telefon gleich weggeschmissen.«

Henny setzt sich auf die Fensterbank, schaut ihn an: »Dachte ich mir schon. Vielleicht besser so. Man weiß ja nie.«

»Wir haben übrigens auch eine Wohnungstür.«

»Im Treppenhaus könnten mir eure Nachbarn über den Weg laufen. Ich bin nach gestern ein bisschen vorsichtiger. Bewege mich lieber in anonymen Mengen. Oder eben da, wo man unbeobachtet ist.«

»Das geht mich nichts an. Und das soll auch so bleiben.«

»Nicht? Mann, und ich dachte, ich sehe gut aus.«

Die Bemerkung irritiert ihn. Was er leider nicht verbergen kann. Wieder amüsiert sie sich über ihn. Das merkt er. »Ich glaube, du hast Schuhgröße 40«, sagt Ponger, »meine Schuhe sind dir wahrscheinlich einen Tick zu groß. Aber mit dicken Socken könnte es gehen.«

»Du willst mich loswerden?«

»Mich strengt das an.«

»Dich strengt an, dass ich keine Schuhe trage?«

Er ist nicht in der Stimmung für diesen Quatsch. Und nach dem Auftritt von Winotzki in Susis Werkstatt möchte er sie tatsächlich lieber schnell wieder loswerden. Wenigstens redet die Vernunft ihm das ein. »Du wirst gesucht. Von Regierungsleuten.« Er zückt die Visitenkarte, die man ihm gegeben hat.

»Winotzki? Kein Treffer im Index«, sagt Henny.

Sie pflückt Ponger die Karte aus den Fingern, steckt sie kurzerhand in den Mund. Sie kaut und kaut, schenkt ihm ein Blinzellächeln, während sie unschuldig den Oberkörper hin und her wiegt.

**47** Jedes Spiel hat Regeln. Bei Flipperautomaten kann der Spielmodus wechseln, plötzlich gibt es dann für einen Treffer mehr Punkte. Wie aus heiterem Himmel schwirrt ein Zusatzball umher. Oder eine Außenbahn erstrahlt gewisse Zeit in gleißendem Licht, um Aufmerksamkeit auf Sonderzielscheiben zu lenken.

Beim Flippern sorgt das bei den meisten für Vergnügen, denn der Irrsinn hat Methode. Und die Menschen freuen sich, sobald sie kapieren, welche neuen Möglichkeiten sich ihnen eröffnen.

Ponger kapiert gerade nichts. Steht vor Henny wie jemand, der zum ersten Mal überhaupt eine Kugel in einem Pinball-Automaten rumsausen sieht.

Wieso isst Henny eine Visitenkarte auf?

»Ich kenne die Nummer sowieso auswendig«, sagt er.

# 48

Sie schluckt runter, was sie im Mund hat. Greift dann in die Tasche ihres Regenmantels. »Ich habe etwas zu reparieren.«

»Ich habe keinen Job mehr.«

»Dann hast du ja Zeit. Und ich habe mir sagen lassen, du kannst nicht nur gut Telefonnummern auswendig lernen.«

Sie hält einen Gegenstand in der Hand, umwickelt von einer Plastiktüte. Soweit Ponger es sehen kann, hat das eckige Ding in etwa das Format eines Putzschwamms. »Ich bin gewarnt worden, dir nicht zu helfen.«

»Winotzki? Erzähl mir nicht, du bist scharf darauf, den wiederzusehen. Sowieso wirst du mich schneller los, wenn du mir hilfst mit der Reparatur.«

Das Plastik knistert, als sie den Arm ausstreckt.

»Ich möchte, dass du gehst«, sagt er.

»Möchtest du, dass ich die Tür nehme?«

Damit trifft sie die richtigen Knöpfe in seinem Kopf. Und als Henny sich in der schmalen Kammer an ihm vorbeizwängt, stellt Ponger fest, es gibt sogar noch ein paar Knöpfe mehr bei ihm da oben. »Halt, halt, halt«, sagt er hektisch und so leise wie möglich, damit Pörl drüben keinen Verdacht schöpft.

Hennys Hand greift nach dem Türgriff. »Du hast es dir anders überlegt?«

»Nein.«

»Nein?«

Auch sie hat die Stimme gedrosselt. Immerhin das. Er hofft, Henny vielleicht mit Blicken schnell zurück auf die andere Seite des Raums dirigieren zu können: »Ich möchte nicht, dass du die Tür nimmst.«

»Das Fenster war dir eben aber auch nicht recht.« Sie legt den Kopf ein bisschen schief. Unschuldsmiene, fragt: »Warum flüstern wir eigentlich?«

»Ich flüstere jetzt, weil du flüsterst.«

»Ach, und ich habe geflüstert, weil du geflüstert hast.«

Ponger sieht ein, dass sie so nicht weiterkommen. »Drüben sitzt eine Frau«, sagt er, beinah flehentlich. Legt zusätzlich den Zeigefinger an den Mund, »die sitzt da friedlich beim Puzzeln.«

»Pörl, ich weiß, nette Frau.«

# 49

Henny öffnet die Schiebetür, zieht sie mit ordentlich Schwung auf.

# 50

Wie ein Skateboard auf glattem Asphalt: Das Geräusch der Rollen, die sauber über die Profilschiene sirren. Ein Geräusch, das Ponger eigentlich mag, das ihm jetzt aber einen Kälteschauer beschert und seine Reaktionszeit drosselt.

Er greift ins Leere.

Der Versuch, Henny am Regenmantel zu erwischen, schlägt fehl. Längst ist sie außer Reichweite. Ihre tappenden Schritte auf dem Weg nach nebenan. Nackte Füße auf Holzboden.

»Na prima.«

Denkt oder sagt Ponger, vielleicht sogar beides simultan. Und nimmt schleunigst die Verfolgung auf.

**51** Pörl ist nun nicht die Frau, die schnell etwas aus der Fassung bringt. Aber wie oft steht eine Fremde in den eigenen vier Wänden urplötzlich vor einem? Pörl hätte fraglos alles Recht der Welt, geschockt zu sein.

Ein spitzer Schrei vor Schreck?

Griff zum Herzen?

Nichts dergleichen. Pörl amüsiert sich. Es stellt sich heraus, dass Henny ihr bereits am Nachmittag die Aufwartung gemacht hat. Henny erklärt, leicht an den Kühlschrank gelehnt: »Ich wusste ja nicht genau, wie lange du heute arbeitest.« Harmlos gucken kann sie wirklich gut.

»Und da hat Henny eben ein wenig mit mir geplauscht«, sagt Pörl.

»Eine ganze Weile, um ehrlich zu sein«, ergänzt Henny, »und dann hatte ich den Vorschlag, dir einen kleinen Streich zu spielen.«

Ponger kommt nicht mehr hinterher.

»Ich hatte solche Mühe, mich vorhin nicht zu verplappern, Großer«, sagt Pörl. Und spendiert Henny eine Portion Nudeln.

Die legt den Regenmantel ab, hängt ihn sehr nachlässig über den Stuhl, Pongers Stuhl. Der Gegenstand in der gelben Öljacke schlägt gegen das Holz.

»Ich glaube, er hat wirklich gedacht, ich bin über die Dachrinne nach oben zu seinem Fenster geklettert«, sagt Henny.

# 52

Henny haut mit Appetit rein, tauscht nebenher mit Pörl noch munter ein paar Nettigkeiten aus. Wie schön, dass sie nun endlich wisse, wo er, Ponger, zu Hause ist. Wie schnuckelig doch alles eingerichtet sei. Die Büchersammlung! Dass die Nudeln aber auch eins a schmecken würden.

Und die Reaktionen darauf?

Danke, Henny, hier.

Danke, Henny, da.

Dieses Glück in den Augen der alten Dame. Sie schaut von Ponger zu Henny, von Henny zurück zu Ponger. Junge Menschen wie alle anderen?

Wahrscheinlich glaubt Pörl das in dieser Sekunde. Sie freut sich jedenfalls. Würde Ponger mit am Tisch sitzen, Pörl würde zur Bestätigung ihre Hand auf seiner ablegen.

Aber weil er nur wie ein Fremdkörper in der Kulisse herumsteht, mischt sich jetzt etwas in Pörls Blick, das Ponger nur schwer erträgt. »Redselig bist du ja nicht gerade«, sagt sie zu ihm, »und dabei haben wir wirklich nur gut über dich gesprochen vorhin.«

»Ich wusste ganz viel von deiner Geschichte gar nicht«, bestätigt Henny.

Ponger betrachtet das unfertige Puzzle auf dem Tisch unter der altmodischen Lampe. Motiv: die Planeten.

1000 Teile.

»Ich kenne bestimmt auch ein paar Kapitel deiner Geschichte nicht«, sagt Ponger und guckt Henny an. Dann schaut er zu Pörl.

Pörl weiß nichts von dem Zwischenfall im Zug gestern. Er hat ihr nichts davon erzählt. Und Ponger weiß nicht genau, wie zurechnungsfähig Henny wirklich ist. Er hätte ihr tatsächlich zugetraut, Dachrinnen hochzuklettern.

»Na dann setz dich doch endlich zu uns«, sagt Pörl.

Aber Ponger schnappt sich stattdessen seine Jacke vom Haken neben der Wohnungstür. »Geht nicht. Nachher ist ja das Spiel. Und ich würde mich vorher gerne noch für den Streich von eben rächen.«

Er gibt Henny einen Wink, ihm zu folgen.

**53** Ponger poltert neben Henny durchs kühle, muffige Treppenhaus nach unten. Sie sagt: »Den Rest Nudeln hättest du mich schon noch essen lassen können.«

»Das war einfach nicht cool«, sagt er.

»Bist du wütend?«

»Machst du Witze?«

Das Geräusch von Hennys nackten Füßen auf den Stufen. Ihre Stimme: »Das Einfachste wäre doch gewesen, du hättest wirklich eben diesen blonden Lulatsch angerufen. Hast du aber nicht.«

Ponger stürmt durch die Haustür nach draußen. »Freu dich«, sagt er, »aber wenn du dich Pörl noch einmal näherst, hast du auf jeden Fall ein Problem mehr als sowieso schon. Und jetzt laufe ich einmal um den Block, und du verschwindest.«

# 54

Ponger merkt es: Er bewegt sich, als wüsste er nicht, was anfangen mit so viel Arm und Bein. Es fühlt sich albern an. Alles. Aber er kann nicht stehen bleiben, auch wenn sie ruft.

»Nun lauf nicht weg!«

Er schlägt den Weg zum Kanal ein. Henny folgt ihm.

»Lass mich in Ruhe.«

»Ja, vielleicht hast du recht. Vielleicht wäre das am bequemsten für dich. Vielleicht wäre das aber auch eine vertane Chance?«

»Eine Chance worauf?«

»Auf einen Deal? Du sollst was davon haben. Ist doch logisch. Und ich meine kein Geld. Geld habe ich nicht.«

Er bleibt stehen. Nicht weit von einer Straßenlaterne, deren Licht sich hübsch über die gewellte Wasseroberfläche verteilt. »Ich will nichts von dir.«

»Wie wär's zum Beispiel damit? Ich gehe in einen Fotoautomaten. Ziehe mir dort das Oberteil aus. Schenk dir die Fotos.«

»O.k.«, sagt er.

»O.k.?«

»Du meinst es sowieso nicht ernst.«

Henny verdreht die Augen: »Ich brauche wirklich Hilfe, kapierst du das denn nicht? Gerade du müsstest doch begreifen können, was das heißt.«

»Was meinst du damit?«

Sie mustert ihn: »Vergessen? Ich habe den ganzen Nachmittag lang für dich deine imaginäre Freundin gespielt. Und ich habe eine Menge über dich erfahren. Du weißt, wie das ist, wenn man Hilfe braucht. Oder?«

»Jetzt bräuchte ich gerade dringend Hilfe, dich loszuwerden.«

»Och. Pörl schien sehr beglückt, Henny endlich kennenzulernen.«

»Du bist nicht Henny.«

»Ich bin Henny. Mehr als jede andere. Und hier kommt deshalb noch eine tolle Idee. Trommelwirbel. Wenn du mir bei der Reparatur hilfst, spiele ich morgen noch einmal die leibliche Erscheinung deiner imaginären Freundin. Sogar mit dir zusammen. Wie hört sich das an?«

»Du redest sehr merkwürdige Sachen, weißt du das?«

»Wenn du den Preis so in die Höhe treiben willst, muss ich leider sagen, das wird nichts. Mehr als einen Tag kann ich dafür nicht opfern.«

»Hörst du zu? Ich will das nicht. Du spinnst. Das ist ja völlig gestört.«

Es klingt schärfer, als es gedacht war.

Kurzes Schweigen.

Eins der eher unangenehmen Sorte. Henny neigt den Kopf leicht zur Seite, als ließe sie erst einmal ungläubig nachklingen, was sie gerade gehört hat. »Ich habe dich um Hilfe gebeten«, sagt sie schließlich.

»Na und?«

»Ich würde dir jetzt gerne ein bisschen beim Schämen zugucken«, sagt sie, »aber ich glaube, du brauchst ein wenig Zeit allein.« Sie weicht einen Schritt vor ihm zurück. Sie sagt: »In exakt anderthalb Stunden bist du anderer Meinung. Dann komme ich wieder. Wenn der Mond aufgeht, bin ich zurück!«

Zwei Ausrufungszeichen in der Stimme.

»Bitte nicht.«

»Ich tue jetzt mal so, als sei ich nicht gekränkt. Ich kann mir einfach nicht vorstellen, dass du jemanden hängen lässt, ohne wenigstens einmal gefragt zu haben, was genau auf dem Spiel steht.«

Aus ihren Augen trifft ihn etwas Drohendes. Sie berührt ihn dabei am Unterarm. Und Ponger ertappt sich, wie er kurz darauf an der Stelle riecht, wo sie ihn berührt hat. Da hat sie zum Glück bereits abgedreht.

Und singt. Wie eine, die glaubt, allein zu sein. Allein am dunklen Kanal, allein in der mondlosen Stadt. Vielleicht sogar allein auf der Welt.

Er lauscht.

Er riecht.

# 55

»Für dich würd' ich auf die Gangster schie-
ßen, pah, pau, pau«, singt sie.

# PONGER

## DIE GESCHICHTE SEINER HERKUNFT

Das Besondere an seiner Lebensgeschichte ist: Ponger hat keine. Pörl findet ihn in ihrem Caravan, abgemagert, verwahrlost. Den alten Wohnwagen parkt sie während der Wintermonate auf der Parzelle eines Kleingartens. Möglich, dass Ponger bereits Tage, vielleicht Wochen dort gehaust hat. In der Gegend türmen sich überall Container zu bunten Gebirgen auf, der Hafen liegt um die Ecke. Ob Ponger auf diesem Weg in die Stadt gekommen ist?

Er kann sich das Hirn zermartern, wie er will: Es gibt nicht einmal den kleinsten Anhaltspunkt für seine Herkunft. Ob Menschen, ob Landschaften: Ihm fehlt jede Erinnerung. Er entsinnt sich weder seiner Eltern, noch weiß er, aus welchem Ort er stammt. Als hätte es seine Kindheit nie gegeben. Die frühsten Bilder sind die, in denen er nachts durch die Kleingartensiedlung stolpert, von Furcht getrieben. Flieht er? Ist jemand hinter ihm her? Ein Wachdienst, eine Polizeistreife? Oder Kleinkriminelle, die auf leichte Beute hoffen? Ponger steigt über Zäune, schlägt sich durch Büsche, rüttelt an den Türen von Gartenlauben, findet schließlich Pörls Wohnwagen unverschlossen vor. Es riecht darin nach Kartons und – dezenter – nach noch etwas. Salzig, silbrig. Ein Geruch, der Ponger beruhigt. Er legt sich in die Schlafkoje. Findet tags drauf Konserven im Schrank. Füllt eine Flasche, die als Kerzenständer gedient hat, mit Flusswasser, wagt sich aber nur bei Dunkelheit hinaus, entfernt sich nie weit von seinem Unterschlupf. Aus Vorsicht: Sein Bild im Spiegel irritiert ihn. Fiebert er? Deliriert er? Er fühlt sich fremd in der eigenen Haut.

Dann steht eines Morgens Pörl in der Tür. Wie sie ihn anguckt: Lange, als würde er jemandem ähneln, den sie mal gekannt hat. Vielleicht bildet er sich das im Rückblick auch nur ein, aber die erste Begegnung weckt keinen Fluchtreflex. Er wäre ohnehin zu schwach, um davonzurennen. Halb verhungert ist er und froh, dass sie nun regelmäßig Essen bringt. Sie päppelt ihn auf. Sie spricht mit ihm. Er versteht – und auch er kann sich ihr mitteilen. Nur wer er ist, bleibt völlig unerklärlich. Keine Fotos trägt er bei sich, keine Gegenstände, und natürlich gibt es niemanden, der von früher erzählen könnte. Seine Vergangenheit liegt in einem Nebel, und darin verborgen gibt es eine scheinbar unüberschreitbare Schwelle. Mehr als einmal treibt ihn das zur Verzweiflung. Dann hält Pörl ihn im Arm, streichelt seinen Kopf und wiegt sich und Ponger hin und her. Er habe sicherlich einiges abbekommen, damals. So drückt Pörl es aus, wenn sie von der Zeit spricht, bevor sie sich begegnet sind.

Spuren von Misshandlungen sind von Kopf bis Fuß allerdings keine zu erkennen, äußerlich wirkt er unversehrt. Mehr noch: Seine Haut scheint geradezu makellos. Aber als Pörl ihn schließlich zu sich nimmt, er nach und nach auch unter Menschen kommt, zeigt sich, dass Nähe ein Problem ist. Jedes Mal, wenn ihn jemand berührt, Haut auf Haut, geht er fast in die Luft. Nur bei Pörl nicht. Ihre Hand nimmt er, wenn er im dichten Gedränge der Menschen in der Bahn oder auf der Straße erstarrt, weil ihn die Panik packt. Pörl gibt ihm Sicherheit. Schont ihn aber nicht, geht mit Ponger in Parks, an den Kanal, zeigt ihm das Viertel, die Stadt. Und mit der Zeit wird es besser. Wie er sich mit der Zeit auch daran gewöhnt, dass ihm beim Blick zurück nur Rätselraten bleibt. Hatte er Geschwister? Freunde? Hat er Schulen besucht? Ist er viel und weit gereist? Fragt er sich diese Dinge, meint er im Innersten manchmal Farben und Formen ohne klare Konturen zu sehen. Spürt er ihrer Bedeutung nach, kommt er in besseren Momenten zu dem Schluss, dass er auch ein behütetes Leben geführt haben könnte, jäh beendet durch ein traumatisches Erlebnis – einen Unfall oder eine Naturkatastrophe?

So oder so: Pörl bleibt sein Anker. Pörl würde für jedes Wesen in Not den kleinen Finger opfern. Für Ponger aber beide Hände und Füße. Beim Auffinden eines orientierungslosen Halbwüchsigen müsste sie sich eigentlich an die Polizei wenden. Dass Ponger aber offensichtlich nicht als vermisst gemeldet worden ist, dass er nicht gesucht wird, lässt sie lieber von einer Detektei ermitteln, verrät sie ihm später. Der Obhut des Staates will sie ihn nicht überlassen. In welche Einrichtungen würde man ihn stecken? Wie würde man dort mit ihm umgehen? Sie riskiert und tut einiges. Er kann es ihr nicht genug danken. Sie, die ehemalige Bibliothekarin, schult ihn in Sprache und Umgangsformen. Sorgt aber auch dafür, dass sein kindlicher Forschergeist, sein auffälliges Talent für alles Handwerkliche nicht verkümmert.

Besonders dieser eine Moment in den anderthalb Jahren bei Pörl steht Ponger noch deutlich vor Augen. Pörl saugt Staub in der Wohnung, während er einfach aus Neugier gerade im Inneren ihres wuchtigen Fernsehapparats friemelt. Ein seit ungezählten Jahren defektes Gerät, dessen Entsorgung Pörl aus reiner Bequemlichkeit immer hinausgezögert hat. Ponger kann es sich nicht erklären, aber er kapiert das Zusammenspiel der elektronischen Bauteile nach wenigen Minuten. Ruckzuck findet er die Lösung für den Fehler und hört, wie die rasselnde Lunge des Staubsaugers hinter ihm plötzlich erstirbt. Pörl betrachtet mit echter Gänsehaut die flimmernden Bilder auf dem Schirm. Und dann ihn.

Ähnliches wiederholt sich kurz darauf in Pörls Lieblings-Eiscafé. Die in die Jahre gekommene Jukebox steht offen. Eine Frau im Overall und mit Zigarre zwischen den Zähnen hantiert mit Werkzeug dran herum. Ponger vergisst glatt, am Eis zu schlecken. Ermuntert von Pörl zeigt Ponger Susi den Schalter, an dem es hakt. Und Pörl sieht, was sie bis dahin nicht oft gesehen hat: Ponger strahlt. Die Jukebox spielt wieder die guten alten Lieder: »O sole mio«. Da fasst Pörl einen Plan. Sie sucht Susis Garage auf, kocht die gutherzige Frau weich, zerstreut Ängste. Spendiert außerdem eine Wagenladung mit betagten Elektrogeräten aus dem Keller. Darunter einige Kuriositäten. So bekommt Ponger seinen Job. Damit beginnt ein neues Kapitel.

Er weiß, dass es Pörl glücklich macht, ihn glücklich zu sehen. Er weiß aber auch, sie wünscht sich Freunde für ihn, Mut, auf andere zuzugehen, Spaß unter Gleichaltrigen. Wünscht er sich das nicht selbst? Ponger grübelt, wie er Kontakt zu Seinesgleichen aufbauen könnte. Bis Henny, die Cheerleaderin, seinen Weg kreuzt. Nach Feierabend in der Leihbücherei lernt er sie kennen. Sie und er greifen beide zugleich nach demselben Taschenbuch im Regal. Er überlässt es ihr höflich. Sie bietet Ponger im Gegenzug an, den Anfang der Geschichte am Telefon vorzulesen, damit beide etwas davon haben. Fragt nach seiner Nummer. Und ruft tatsächlich an.

Sie ist Schülerin aus der Vorstadt. Wie sich herausstellt, tritt sie mit ihrer Mannschaft in den Pausen der Basketballspiele eines Profi-Clubs auf. Er besorgt sich ein Ticket. Besucht von nun an regelmäßig die Heimspiele. Tut er wirklich. Zur Tarnung. Henny, die Cheerleaderin, existiert leider nur in der Welt seiner Vorstellungen und Tagträume und in den Erzählungen für Pörl. Im Grunde weiß er alles, was er über seine imaginäre Freundin weiß, aus Büchern. Denn in die Leihbücherei geht er fast täglich nach Feierabend. Hier findet er Romane, in denen die Mädchen Jackie heißen oder Isa oder Alaska, fantastische Geschöpfe, die dafür sorgen, dass die gemeinsamen Abenteuer den Helden der Bücher ein wohliges Gefühl in der Bauchgegend bescheren. Wie Henny ihm. Er kann mit ihr wunderbar scherzen und albern sein. Sie kann ihm ein Kissen an den Kopf werfen, sich mit ihm auf dem Bett kugeln und dann mit zerzaustem Schopf Sachen sagen wie: Ich komme langsam ziemlich in Kusslaune. Er mag es, dabei die Spitzen ihrer Haare zu betrachten, die wild nach oben ragen, die erhitzten Wangen – oder ihre Leberflecken zu zählen. Solche Sachen.

Flipperautomaten zu reparieren, fällt ihm leichter, aber er entwickelt auch ein gewisses Geschick, sich auszumalen, was man gemeinsam gemacht hat. Einen Teil davon erzählt er Pörl. Stets bemüht, nicht zu übertreiben. Ponger fragt sich trotzdem, ob sie ihn nicht durchschaut. Ob sie es vielleicht als Spiel zwischen ihnen akzeptiert, wenn er ihr zur Unterhaltung beim Puzzeln etwas vorgaukelt. Weil sie ja die Geschichte seiner Lebensgeschichte kennt und weiß, dass es ihm nur helfen kann, erfinderisch zu sein.

INSELPARKARENA & INSELPARK,
HAMBURG-WILHELMSBURG

# 56

Das Saallicht erlischt in der ausverkauften Arena. Die Spots suchen und finden die Cheerleader. Ponger erwacht aus den Gedanken, in die er abgedriftet war, lenkt seine Konzentration zurück auf das Geschehen in der Halle.

Dreizehn Mädchen mit eng anliegenden, enorm knapp geschnittenen Kostümen nehmen Aufstellung. Lidschatten, Glitzer um die Augen, Lippenstift. Als ein Tanzhit, ein Track mit treibenden Beats, aus den Boxen loshämmert, reißt die Gruppe die Arme deckenwärts, wirft die Köpfe zackig von links nach rechts. Die Haare peitschen in die eine und gleich wieder in die andere Richtung. Dann Auftaktsprung in perfekter Synchronität.

Die Pompons sind in Bewegung.

Eins der Mädchen schlägt ein Rad, legt danach einen Salto rückwärts hin. Zwei andere greifen sich an den Händen, formen so flink eine Räuberleiter, katapultieren eine zierliche Rotblonde in die Luft. Sie schwebt auf den gestreckten Armen, biegt mit der Hand scheinbar mühelos ein Bein hoch neben den Kopf. Prinzessinnenlächeln.

Von unten gibt man ihr den nötigen Schwung für den Abgang mit Schraube. Landung im Armnetz des Teams – und schließlich steht sie wieder auf den Füßen. Das Publikum kreischt, lacht, applaudiert, staunt.

Ponger folgt von seinem Stammplatz, einem Stehplatz neben einer Säule im Umlauf, gebannt der Choreografie, die auf dem Höhepunkt mit einem kleinen Solo-Auftritt endet. Die zierliche Rotblonde wieder: Sie reiht Flic-Flac an Flic-Flac und kommt taktgenau mit dem letzten Schlag der Musik zum Stehen.

»Uniformen haben es dir angetan?«

Eine Hand streift Pongers Rücken. Ist das Absicht?

Er schaut zur Seite.

**57** Er hört das Publikum weiter applaudieren. Die Mädchen tänzeln dauerwinkend mit ihren Puscheln zurück in Richtung Spielfeldrand.

Ponger spürt eine Berührung am Arm.

Es ist volle Absicht.

Exakt anderthalb Stunden nach ihrer Ankündigung schiebt sie sich in die Lücke an der Brüstung neben ihm. »Sag schon, in welche von denen hast du dich verguckt? Oder soll ich raten? Ich tippe auf die Rotblonde. Niedlich. Hat bestimmt eine Menge Kuscheltiere zu Hause, große Kuscheltiere. Nur ein bisschen viel Tusche im Gesicht, oder? Klar, ist natürlich Geschmackssache.«

In dem Moment, als Henny das zweite Mal aufgekreuzt ist, hat er bereits geahnt: Sie wird alles kaputt machen. Was wird er Pörl erzählen?

Vielleicht zur Abwechslung die Wahrheit?

»Wer nimmt schon Teenagerschwärmereien wirklich ernst, wer, außer Teenagern selbst, meine ich«, sagt er, sehr nuschelig.

Wahrscheinlich für Hennys Ohren bestimmt. Außerdem jedoch wohl auch ein Versuch, sich selbst zu trösten. Immerhin scheint die Beziehung zu seiner imaginären Freundin gerade in die Brüche zu gehen.

Es kriselt jedenfalls gewaltig.

Henny sagt: »Unfassbar viele erwachsene Leute tun das.«

»Ach ja?«

»Ja. Als ich auf der Polizeiwache war, hat den ganzen Tag das Radio gedudelt. Die Popwelt nimmt den ganzen Bauchkribbelkram rotzernst, kann ich dir versichern.«

Ponger umfasst das Geländer vor sich fester. »Apropos Polizei«, sagt er, »ich hoffe, du hast den Sprengstoffgürtel am Eingang abgegeben.«

# 58

Die Basketballer sind zurück auf dem Parkett. Schuhsohlen quietschen. Das Spielgerät titscht beim Prellen hart zwischen Händen und Boden hin und her. Trommeln geben den Takt für die Anfeuerungsrufe vor.

Henny kneift die Augen zusammen. »Du bist echt erstaunlich kratzbürstig, mein lieber Ponger«, sagt sie. »Was guckst du nur immer so?«

»Wie gucke ich denn?« Ponger kann sich eine Grimasse nicht verkneifen.

Sie quittiert das mit einem Kopfschütteln. »Komm, sag's doch einfach. Du findest mich anstrengend.«

»Ich finde dich anstrengend«, sagt er.

»Prima«, sagt sie, »denn dazu habe ich ein paar schöne Sätze im Index. Willst du sie hören?« Er nickt nicht, er verdreht nicht einmal die Augen. Aber das ist ihr egal. Sie spendiert ihm die Antwort trotzdem: »Du behauptest, ich wäre eine echte Plage. Aber die Wahrheit ist, du denkst seit gestern pausenlos an mich. Was mir doch recht widersprüchlich erscheint.«

»Stimmt nicht.«

»Welcher Teil genau? Magst du mich etwa? Bist du kurz vor verknallt?«

»Ich sehe keinen Widerspruch. Deinetwegen fliegt mir seit gestern die Scheiße um die Ohren. Natürlich denke ich an dich. Geht ja gar nicht anders.«

»Und warum magst du mich nicht?«

**59** Ihr ebenmäßiges Gesicht, die wachen Augen. Er ist ihr nah. Aber sie scheint seltsam geruchsneutral, riecht weder nach Deo noch nach einem künstlichen Parfüm oder gar Schweiß wie die allermeisten anderen Menschen. Wenn überhaupt, dann ist da dieses Silbrige, Salzige, nur ein Hauch davon, eine dezente Note dieses Dufts. »Ich kann dir nicht helfen«, sagt er.

»Du willst nicht.«

Ponger blickt über die in Stufen abfallenden Sitzreihen vor ihm, weit hinunter zur Mitte des Spielfelds: »Ich will nicht, dass Pörl meinetwegen in Schwierigkeiten kommt. Und ich traue dir nicht. Hast du denn keine Freunde, zu denen du kannst?«

»Nein.«

»Nein?«

»Da geht es mir wie dir«, sagt sie.

Ihre Direktheit lässt Pongers Puls prompt mit erhöhter Geschwindigkeit schlagen – und ihre Bemerkung ärgert ihn. Er sagt: »Du und ich sind sehr, sehr verschieden. Ich bin nicht auf der Flucht vor der Polizei. Du hast zu mir gemeint, du hast nichts Kriminelles getan, aber du bist schon vor der Notbremsung festgesetzt worden. Und von der Wache getürmt.«

»Das haben sie dir erzählt?«

»Ja, und falls es jetzt heißt, alles ein großes Missverständnis, glaube ich dir trotzdem nicht.«

»So nach dem Motto: Ein Lügner erkennt eine Lügnerin?«

»Es ist doch nicht das Gleiche, wenn man einer alten Dame etwas vorspielt, um ihr eine Freude zu machen.«

Der schrille Pfiff eines Schiedsrichters gellt durch die Arena. Henny sagt: »Ich bin nicht getürmt. Sie haben mich laufen lassen und getrackt. Und weißt du auch, warum?«

»Nein.«

»Nein, du Blödmann, eben nicht. Und ich würde dir jetzt echt wahnsinnig gern eine Szene machen, weil ich nur nach Hause will, dahin, wo ich hingehöre. Ich muss mir das Austicken aber leider verkneifen. Zu viele Fernsehkameras. Dieser Winotzki sah bei seiner Größe ja aus, als hätte der vielleicht Spaß an Basketball. Und sowieso: Du weißt es doch schon längst, du wirst mir helfen!«

»Ich weiß gar nichts!«

Stimmt das nicht?

Es stimmt. Und er muss sich eingestehen: Auch das befeuert das Kitzeln unter seiner Haut, gegen das er machtlos scheint. Sie lächelt ihn an.

»Jetzt guckst du anders.« Sie lächelt breiter.

Er fragt: »Was machst du?«

»Ich lächle. Du wirst mich nicht hängen lassen. Das sehe ich.«

»Was redest du da? Das kannst du nicht sehen.«

»Ich weiß, dass du Beine hast, obwohl du eine Hose trägst. Und jetzt wird es Zeit, dass du damit auch mal mir hinterherläufst. Ob wir hier auf Dauer so sicher sind, kann ich nämlich wirklich nicht sagen.«

Sie formt ihre Lippen im Anschluss noch zu einem tonlosen Wort: Bitte!

**60** Immer, wenn sie geht, ist es, als würde sie eine Menge aufgewirbelter Luft zurücklassen.

**61** Die Schlussphase läuft noch, als er vor die Arena tritt. Der Platz davor liegt menschenverlassen im Halbdunkel der schummrigen Abendkulisse. Locker stehende Häuserwürfel geradeaus, links ein Park, rechts lang aufsteigende Steintreppen bis zur Hauptstraße. Ponger sieht dort gelb den Regenmantel. Die Kapuze ist über den Kopf gezogen. Henny entfernt sich mit zügigem Schritt. Beschienen vom Mond.

Sie hat bereits einen ordentlichen Vorsprung.

Mit dem schnell leiser werdenden Getöse aus der Halle im Rücken geht er ihr nach. Unter seinen Schuhen das Knirschen von Sand. Laut kommt es ihm vor wegen der Ruhe auf dem Platz.

Krächzt da ein Funkgerät?

Nicht nah, ein undeutlicher Eindruck nur, aber doch in Hörweite.

Ponger ändert vorsichtshalber den Kurs, weg von der Treppe, verfällt in leichten Trab. Etwas stimmt nicht. Aus den Augenwinkeln erkennt er die Konturen zweier Gestalten, junge, kräftige Kerle in dunklen Sportjacken. Eilig nimmt Ponger den Abzweig in eine Stichstraße – und dann die Beine wirklich in die Hand. Kein Blick zurück.

»He, Sportsfreund!«

**62** Henny ist bereits an der Hauptstraße abgebogen, wie Ponger vermutet hat. Steuert auf eine Bushaltestelle zu. Er hat laufend die Wege zwischen den Häusern benutzt und kreuzt ihre Strecke jetzt an der Ecke mit dem Schnellrestaurant. Sie läuft ihm praktisch direkt in die Arme, als er angewetzt kommt. Rote Neonlichter der Leuchtreklamen spiegeln sich auf dem Gesicht unter der Kapuze.

Er zeigt ihr an, dass sie rennen soll. Mit ihm in Richtung Bahnhof.

Und das macht sie.

Sie rennt.

Er rennt.

**63** Rückscheinwerfer, Blinker, Ampellichter. Sie queren die Straße. Ein Fahrer hupt. Henny und Ponger erreichen die andere Seite, sprinten, was das Zeug hält, Richtung Brücke, dem Zugang zur S-Bahn-Station. Die Handkanten schneiden wie Klingen durch die Luft. Die Arme pendeln zum Schwungholen seitlich auf und ab, als wären es die Kolben geölter Maschinen. Bis ihnen eine Nachtgestalt an einer Mülltonne vor die Füße schwankt. Ponger schlägt einen zackigen Haken, rempelt bei dem Ausweichmanöver Henny an, streift ihre Schulter, kämpft mit dem Gleichgewicht.

Kurzes Straucheln. Schneller Blick im Stolpern über die Schulter.

Die zwei Kerle sind zurückgefallen, aufgegeben haben sie die Verfolgung aber noch nicht. Sie halten ihre wuchtigen Körper auf Touren, die Zähne in den offenen Mündern kämpferisch gefletscht, die Zungen in emsiger Rotation.

Ponger schließt wieder zu Henny auf.

»Zur Bahn?«, will sie wissen.

Er schüttelt den Kopf. Seine Lunge brennt, als er im Laufen seinen Plan hervorpresst. »Ins Arena-Parkhaus da vorne«, sagt er kurzatmig, »das Spiel ist gleich vorbei, dann sind alle Treppenhäuser und Decks da heillos verstopft.«

**64** Das Schild mit dem großen P strahlt ihnen im sattem Blau und aufmunternd hell entgegen, leuchtet den Weg hinein in ein zugiges Labyrinth aus Schächten, Metalltüren, Gängen, Stufen, Rampen und Ebenen.

Hunderte lärmende Schlachtenbummler stürzen den Ort kurz nach Abpfiff für Minuten ins Chaos.

Autotüren werden geöffnet, fallen wieder ins Schloss.

Der bläuliche Schein der Armaturenbretter erhellt geisterhaft die Gesichter hinter Scheiben.

Das Motorengeräusch anfahrender Autos schwillt an zum kehligen, vielstimmigen, grummeligen Chor. Säuerlicher Abgasgeruch durchmischt die feuchte Kühle.

Von den Schranken schlängelt sich ein Wagenband zurück bis ins letzte Eck, und zwischen den gestauten Fahrzeugen und dem um sie herumwuselnden Volk recken zwei breitschultrige Typen, noch ganz erledigt vom Gerenne, die Hälse, Funkgeräte in der Hand, halten zunehmend genervter Ausschau nach einem gelben Regenmantel, nach zwei jungen Leuten.

Von denen aber jede Spur zu fehlen scheint.

Auch, als der Trubel und Wahnsinn im Parkhaus endet, die Stille wieder ihren angestammten Platz eingenommen hat und nur ein kühler Wind um die eckigen Stützpfeiler bläst – nichts.

Wie vom Erdboden verschluckt.

# VI

## HAMBURG-ROTHENBURGSORT, SUSIS GARAGE

**65** Der nüchterne Barackenstil des Gewerbegebietes besitzt nachts, noch mehr als am Tag, eine besondere Schönheit. Ponger mag diese Randgebiete der Zivilisation. Mag sie ganz besonders zu dieser Stunde. Die ehrliche Erschöpfung rostiger Maschendrahtzäune. Das Friedliche, das gestapelte Holzpaletten ausstrahlen. Geschlossene Luken an Verladerampen und heruntergelassene Rolltore, die ihn an zugeklappte Lider erinnern.

Können Gebäude träumen?

Henny hängt sich bei ihm ein.

Träumt er?

Warum fühlt Ponger sich überhaupt so gut, bei allem, was er an diesem Tag durchgemacht hat?

Er ertappt sich bei einem Lächeln.

Und unter einem Kanaldeckel, an dem sie vorbeikommen, kurz bevor sie Susis Garage erreichen, hört Ponger ein Plätschern. Ein Geräusch, das so tut, als wäre in der Nähe ein malerischer Bachlauf. Die ganze Welt scheint gerade mit Henny unter einer Decke zu stecken und Ponger einlullen zu wollen.

»Ich will wissen, was ich reparieren soll«, sagt er.

**66** Ponger versucht, Hennys Nähe zu ignorieren. Was genau will sie von ihm? Sie sagt: »Fast lustig, dass es so lange gedauert hat bis zu dieser Frage.«

»Du weichst aus. Was ist in dieser Tüte, die du mir vorhin gezeigt hast?«

»Eine Steuereinheit.«

»Eine Steuereinheit wovon? Ich bin kein Computerspezialist.«

»Guck's dir einfach an.«

»Ich vermute mal, es geht nicht um einen Flipperautomaten, oder?«

»Es geht um ein Transportmittel.«

»Ich bin kein Kfz-Mechaniker.«

»Habe ich etwas von Auto gesagt? Schau's dir an.«

Redepause. Ponger muss einsehen, dass diese Fragerei zu nichts führt. Er probiert es deshalb mit einer anderen Strategie. »Wie heißt du? Wie ist dein richtiger Name?«

Sie löst sich von ihm. »Unwichtig«, sagt sie.

»Sehe ich anders«, sagt er.

Sie erreichen die Auffahrt, Ponger macht Halt am Hofbaum. Was bietet sie ihm als Antwort an? Ponger wartet, mustert sie. Henny schiebt die Hände in den Regenmantel, schaut woanders hin: »UP1.«

»Der Vorname würde mir reichen.«

»Das ist die Abkürzung für Unbekannte Person 1. So haben sie mich auf der Wache genannt. Henny gefällt mir aber deutlich besser.«

»Warum bist du überhaupt auf der Wache gelandet?«

»Je weniger ich dir erzähle, desto weniger kommst du in Erklärungsnot, wenn man dir Fragen stellt.«

»Also sagst du mir auch nicht, wo dein Zuhause ist.«

»Die Uhr tickt«, sagt sie, »um nach Hause zu kommen, muss ich jetzt erst einmal dringend zurück auf diese Insel. Ich habe da vorübergehend das Transportmittel deponiert. Und muss es jetzt schnell wieder aus dem Versteck holen, bevor es wertlos wird. Das ist die Kurzfassung.«

Alles klar. Ponger drosselt die Stimme: »Eine geheime Insel?«

»Ich weiß ja nicht, was diese Vögel dir erzählt haben, und ich behaupte bestimmt nicht, perfekt zu sein, aber auf einer Skala von 1 bis völlig plemplem liegen Winotzki und sein Freund deutlich vor mir.«

»Sie meinten, du könntest unter einer Persönlichkeitsstörung leiden.«

Jetzt atmet Henny tief ein und lang wieder aus. Dann fasst sie in ihren Regenmantel: »Los, halt mal die Hand auf.«

Sie streut Sand hinein, feinen Sand.

»Sand«, stellt Ponger fest. »Bist du eine militante Umweltaktivistin?«

Sie schüttelt den Kopf: »Nur weil ich barfuß rumlaufe?«

»Wegen der Insel. Ich dachte, vielleicht gibt es Probleme mit einem Boot, kann ja sein, dass die Steuereinheit des Bordcomputers hinüber ist. Vielleicht geht es um den Kampf gegen den Müll im Meer.«

»Nicht schlecht mitgedacht. Aber was ich vor allem bin – ich bin langsam wirklich knallmüde. Hinter mir liegt ein irrer Ritt. Und ich glaube, wenn du die Wahrheit wüsstest, würdest du mit den Ohren schlackern. Und wärst froh, mir helfen zu können.«

Einen Tipp hat Ponger noch: »Whistleblowerin?«

Keine erkennbare Zustimmung. Aber auch kein Widerspruch. Ein Stück weit beruhigt ihn das. Ihm leuchtet die eigene Idee plötzlich sehr ein. Sie sagt: »Repariere mir die blöde Steuereinheit. Und ich bin weg. Ohne eine Leiche zu hinterlassen. Klingt das nicht gut?«

**67** Ponger holt den Schlüssel aus dem Versteck im Vogelhäuschen.

**68** Er schaltet die kleine Beleuchtung an. Und Henny geht sofort zur Couch, lässt sich fallen. So sitzt sie da: zurückgelehnt, die Beine von sich gestreckt, die Arme verschränkt hinterm Kopf. »Gefällt mir. Dein Herzensort?«

»Ich glaube, ein Ort, an dem wir bis zum Morgen sicher sind. Rechnet bestimmt keiner damit, dass ich rund um die Uhr in die Werkstatt kann. Es sei denn, du wirst noch getrackt«, sagt Ponger.

Henny schüttelt den Kopf: »Weißt du, wo die Anfänger den Sender versteckt hatten?«

»Nicht im Schuh. Oder bist du deshalb barfuß?«

»In meinem Buch. Irre, was?«

Sie zaubert den Roman aus dem Regenmantel. Ponger sieht Henny gähnen. Er fragt: »Was meinst du überhaupt mit Herzensort?«

Sie hebt altklug die Nasenspitze, blättert einmal durch die Seiten, als würde sie ein Daumenkino angucken: »Musst mal drauf achten, in diesen Dingern hier gibt es meist ein Kapitel, in dem führt eine Figur die andere an den Ort, der ihr besonders am Herzen liegt. Fast zwanghaft.«

Ponger guckt sich um, als hätte er Jahre keinen Fuß mehr in die Werkstatt gesetzt. Die Flipperautomaten, die Ersatzteile, all das. »Meine Chefin hat mich vorhin erst gefeuert.«

»Die Wogen glätten sich wieder.«

Das lässt er so stehen. »Ich leg dann mal los.«

Sie reicht ihm die Tüte. »Bestimmt ein Klacks für dich«, sagt sie, gefolgt von noch einem Gähnen.

Er schaut hoch zur Uhr. Weit vor Mitternacht. »Mach's dir einfach gemütlich«, sagt er.

**69** Susis Aschenbecher. Eine halb leere Flasche Fusel. Seiner Chefin scheint der Tag auch ziemlich an die Nieren gegangen zu sein. Am Abend hat sie einfach alles stehen und liegen lassen.

Ponger überlegt, ob er besser nichts verändert. Wahrscheinlich klüger. Susi fände es bestimmt nicht so witzig, wenn er sich nachts ungefragt in die heiligen Hallen schleicht.

Drei Minuten hält er durch.

**70** Er hasst störende Unordnung in seiner Tüftelecke. Besonders, wenn es um kniffeliges Zeug geht. Wobei die Steuereinheit auf den ersten Blick gar nicht so herausfordernd scheint. Außer dass ihr Aufbau durch ungewöhnliche, fast wundersame Eleganz besticht. Und bei näherer Betrachtung fragt sich Ponger bei einigen Elementen, welches Material verwendet wurde.

Er riecht beinah andächtig an der Platine.

Bemerkt eine Art Schillern in einigen Komponenten. Ein schwaches Pulsieren, als hätte er es mit etwas Organischem zu tun.

So eine Technik ist ihm noch nie untergekommen. Was nichts heißen will. Er prokelt für gewöhnlich ja nur an Geräten herum, deren einziger Zweck es ist, Menschen für eine Weile zu unterhalten und zu zerstreuen.

Geräte mit blinkenden Lämpchen.

Mit brummenden Transformatoren.

Mit eher unterkomplexen Kabelbäumen.

Hier glaubt er, es mit dem Steuerelement eines Hochleistungssystems zu tun zu haben. Den Fehler kann er dennoch bald ausmachen. Wie so oft, gibt es an einer sensiblen Stelle Ärger mit den Kontakten. Vermutlich ist das alles. Auch wenn er dann noch eine ganze Weile die Schnittstelle betrachtet, die ihm ein paar Rätsel aufgibt.

Wahrscheinlich könnte er es darauf ankommen lassen.

Wahrscheinlich.

Das Transportmittel, um was immer es sich handeln mag, dürfte mit dem reparierten Teil wieder in die Gänge kommen. Wahrscheinlich könnte er Henny jetzt einfach viel Glück wünschen und gut.

Er wickelt die Steuereinheit wieder in die Tüte ein, schiebt das Päckchen dann mittig in den runden Lichtkreis auf dem Werktisch.

**71** Henny schläft auf der Couch, als er in die Halle zurückkehrt. Sie hat vor der Müdigkeit offenbar einfach kapituliert. Soll er sie wach rütteln? Sich über sie beugen, ihr ins Ohr pusten? Sie liegt auf der Seite, die Knie angezogen, die Rundung des Rückens fest ans Polster geschmiegt. Ponger bringt es nicht übers Herz, sie aus den Träumen zu reißen.

Wie zierlich sie wirkt.

Aber nimmt es mit dem Rest der Welt auf.

Allein.

Er legt die Decke über sie. Bedeckt auch die nackten Füße. Daneben ist noch ein freies Ende, gerade genug Platz, dass Ponger sich dort hinsetzen, sich nach einem Zögern mit auf die Couch quetschen kann.

Stille hüllt ihn und sie ein.

Da sind nur noch ihre gleichmäßigen Atemgeräusche.

Und einmal ein kurzer leiser Stoßseufzer.

# 72

Er muss wohl auch kurz eingenickt sein. Als er das nächste Mal zur Uhr schaut, ist es bereits weit, weit nach Mitternacht. Sein Nacken schmerzt. Und er blickt in die wieder munteren Augen von Henny. Sie sitzt eine Armlänge entfernt von ihm auf der Couch. »Du bist eingeschlafen«, sagt sie.

»Du bist wieder wach. Und noch da«, sagt er. Er wischt sich übers Gesicht. »Hättest mich einfach wecken können.«

»Mir ist etwas aufgefallen.« Henny legt den Kopf schief und hebt eine Augenbraue, mal wieder. »Deine Schönheit, das ist eine auf den zweiten Blick«, sagt sie. »Nicht alle sehen das vermutlich so schnell. Aber wenn das mal jemand schnallt, wird das mit dem Bauchkribbeln bestimmt heftig. Das wette ich.«

»Du redest sehr merkwürdige Sachen.« Er merkt, wie ihm die Nähe und das Angeschautwerden zu viel werden.

Ponger blickt sich zum Licht beim Werktisch um.

»Ja, kommen wir zum Punkt«, sagt Henny, »warst du erfolgreich?«

# 73

Ponger holt die Steuereinheit und gibt sie Henny zurück. Legt jede Menge Mitgefühl in seinen Tut-mir-leid-Blick: »Ich krieg's nicht hin.«

Sie strafft den Rücken. »Das ist dein Lieblingssatz, was?« Hennys Gesichtsausdruck: Ungläubigkeit paart sich mit Entsetzen.

»Ich habe den Satz gerade zum allerersten Mal zu dir gesagt.«

»Ja, laut. Aber trotzdem ist mir, als würdest du ihn laufend stumm vor dich hinsummen. Du strahlst das so aus.«

Ponger macht, erstaunt über die Heftigkeit ihrer Reaktion, einen Schritt rückwärts. Er deutet auf die Steuereinheit: »Das, was du mitgebracht hast, ist nun mal kein Teil von einem Flipper.«

»Eine Zeitmaschine aber auch nicht.«

Er bemüht sich, seine Stimme tief klingen zu lassen: »Wie auch immer. Begrenzte Fähigkeiten. Ich hab's probiert. Und ich beschwere mich auch nicht über den Ärger, der deshalb bestimmt noch ansteht. Ich finde trotzdem, kein schlechter Moment jetzt, um zu sagen: Wir sollten uns nicht mehr treffen.« Blöder Satz. Ein völlig missglückter Scherz. Das hört er gleich.

»Aha. Bleiben wir Freunde?«

»Darauf fällt mir keine Antwort ein.«

Sie ist aufgesprungen, tobt einmal um die Couch herum, beißt sich dabei in die Faust, setzt sich dann aber wieder hin. »Jetzt mal im Ernst.« Sie zieht die Beine an die Brust, schlingt die Arme drum und schaukelt vor und zurück. »Ich dachte, du packst das mit links. Brauchst du mehr Zeit?«

**74** Ponger lässt sich ebenfalls auf die Couch plumpsen und kratzt sich am Ohr. Hat Henny im Grunde nicht ins Schwarze getroffen? Er braucht mehr Zeit. Zeit, um herauszufinden, ob er das Richtige tut, wenn er sie gehen lässt. Vielleicht auch Zeit, um zu verstehen, warum sie überhaupt aufgekreuzt ist – und ausgerechnet bei ihm.

»Du schaffst es bestimmt auch so«, sagt er. »Keine Ahnung, wie du darauf überhaupt kommst, ich würde so etwas mit links packen.«

Den Köder ignoriert sie: »Was schaffe ich auch so?«

»Ich meine ja nur. Auf mich macht es den Eindruck, wenn du nach Hause willst, dann schaffst du es auch nach Hause.«

»Aber nicht ohne dieses Ding hier. Und jetzt erklär mir mal, was technisch die Schwierigkeit ist. Und bitte so, dass ich es verstehe.«

Er zuckt die Schultern: »Es sieht so aus, als wäre das Problem woanders. Mein Rat, finde jemanden, der das Transportmittel unter die Lupe nimmt.«

Henny überlegt nicht lang.

Sie nickt.

Sie nickt und nickt, wie eine, die im Kopf einen Plan macht und sicher scheint, dass er aufgeht. »O.k. Dann unternehmen wir wohl am besten einen Ausflug«, sagt sie, »jetzt gleich.«

»Einen Ausflug?«

»Schlag's nach.«

»Ich weiß, was ein Ausflug ist.«

»Gut, gut. Dann sammle Werkzeug zusammen. Wir müssen schleunigst auf die Insel.«

Er schüttelt den Kopf. »Nein. Solange ich nicht verstehe, wieso du ausgerechnet bei mir Hilfe gesucht hast, möchte ich nicht länger damit zu tun haben. Oder steht da oben Reiseveranstalter? Oder Volltrottel?«

Er deutet auf seine Stirn.

»Mein Index sagt, die Frage stellt man eigentlich nicht. Beherrscht man sein Handwerk, spricht sich das herum.«

»Was soll das? Dass ich Rätsel und Geheimnisse mag, ist ein Gerücht«, sagt er.

»Wenn dir das nicht reicht, kann ich das nicht ändern«, sagt sie, »aber ich glaube, es reicht. Denn du willst doch sicher meinen Herzensort sehen.«

**75** Henny schlüpft mit den Armen in den Regenmantel. Zieht den Reißverschluss zu. »Wir müssen Pörl überreden, uns zu fahren«, sagt sie.

»Bitte?!«

Er wagt kaum, es zu denken, ist sich aber sicher, es würde Pörl sogar gefallen. Ponger massiert sich die Schläfen.

Klar bleiben!

Henny nickt, reibt sich die Hände: »Pörl. Wir brauchen Pörl.«

**76** Ponger weiß nicht genau, ob sie Richtung Tür stürmt, weil sie einfach keinen Widerspruch mehr erwartet. Oder um seinem Protest zuvorzukommen. Oder ob sie vielleicht einfach einen siebten Sinn hat und das Überraschungsmoment auf ihrer Seite haben will.

Was er aber weiß: Sie stößt einen Schrei aus, nachdem sie die Tür aufgerissen hat. Einen Schrei, der ihm durch Mark und Bein fährt. Und der ihn so erschreckt, dass er nicht mal auf die Idee kommt, gleich mitzuschreien.

Was mehr als berechtigt wäre.

Denn im morgendlichen Dunkel vor der Werkstatt steht jemand: Keine Armlänge von Henny entfernt steht dieser Hotsch.

**77** Der Kollege von Winotzki schaut aber selbst auch ziemlich verdattert drein. Und viel Zeit, sich zu sammeln, bekommt er nicht, denn im nächsten Moment taucht hinter ihm eine weitere Gestalt auf.

Eine Gestalt auf hochhackigen Schuhen. Eine Gestalt in Netzstrümpfen und mit sehr kurzem Rock.

Dann: elektrisches Zirpen.

Noch bevor sich Hotsch ganz umdrehen kann, erfasst auf einmal ein Krampfschauer seinen Körper. Man könnte meinen, es handele sich um einen epileptischen Anfall.

Und Stella legt sicherheitshalber noch einmal nach, wild entschlossen. Versetzt dem zitternden Mann eine weitere Salve. Mit den Worten: »Du mieser Spanner. Teenagern beim Fummeln zugucken! Dir werd ich's zeigen.«

# 78

Hat Stella da gerade ohne Wimpernzucken mit dem Elektroschocker einen Regierungsbeamten ausgeschaltet?

Pongers Hände brauchen Beschäftigung. Er massiert sich nach dem Alarm da draußen den Schädel. Dann winkt Henny ihn heran: »Komm, hilf mal eben.«

Er setzt sich in Bewegung, tritt über die Schwelle und stellt fest: Die Morgenkühle tut gut. Sie lässt das Blut schneller zirkulieren.

Stella sagt: »Nun guck nicht so, als käme ich direkt vom Saturn oder Mars, Junge. Was machst du um diese Uhrzeit überhaupt hier? Und wer zum Teufel ist dieser Typ?«

Ponger blickt auf den bewusstlosen Hotsch am Boden. Er registriert, dass dort auch ein Funkgerät liegt, das leise rauscht und knistert: »Ich glaube, ich bekomme gerade Hirnsausen«, sagt Ponger.

Stella stützt die Fäuste in die Hüften und nickt in Richtung Henny: »Ich hoffe für euch Turteltäubchen bloß, ich habe da nicht gerade deinen besorgten Vater aus dem Verkehr gezogen.«

Henny schüttelt den Kopf: »Nein, mit dem Mann bin ich nicht verwandt, war alles richtig. Puh!«

Stella und Henny tauschen Blicke, schauen dann zu Ponger.

»Ja, danke«, murmelt der.

Und im Baum neben ihm legt bereits ein Vogel los.

# VII

## A23 RICHTUNG HEIDE/HUSUM
## & B5 NACH DAGEBÜLL MOLE

# 79

Dem grau zugewachsenen Stadthimmel sind sie ruckzuck entkommen. Bereits nach ein paar Kilometern auf der Autobahn zeigen sich über ihnen tatsächlich erste blaue Stellen. Sie essen Apfelschnitze und geschnittene Möhren aus einer Frühstücksbox. Und Pörl drückt auf die Tube, so gut das geht mit dem alten Wohnwagen hinten an der Anhängerkupplung.

»Ich freu mich ja so, Kinder. Ein spontaner Wochenendtrip.« Sie schaut kurz zu Henny auf dem Beifahrersitz und lächelt auch über den Rückspiegel einmal Ponger an, der allein hinten sitzt in Pörls schnittigem Buick, auf der bohnenroten Lederbank dieses nostalgischen Wagens. Ein Schmuckstück mit Oldtimer-Kennzeichen und Sonderlackierung – der Perlmutt-Ton glänzt wie Nagellack in der Sonne, und ein wenig funkelt er sogar und schimmert.

Auf Pongers Schoß liegt das Buch, mit dem alles begonnen hat.

Man könnte glatt meinen, es geht in den Urlaub.

**80** Die weißen Streifen auf der Straße fliegen in gleichbleibendem Abstand vorbei. Das Radio spielt Musik. »I tell you all the time – heaven is a place on earth with you.« Pörl summt ein bisschen mit.

# 81

Werden sie verfolgt? Die erste halbe Stunde hat Ponger immer noch fest damit gerechnet, jeden Augenblick von einer Kolonne Polizeiwagen mit Blaulicht zum Halten auf dem Seitenstreifen gezwungen zu werden. Aber so etwas passiert wohl nur im Kino. Langsam atmet er ein wenig durch.

Henny scheint es ähnlich zu gehen. Sie wirkt geradezu gelöst. »Großartig, dass Sie so spontan sind, liebe Pörl«, sagt sie, »und dass sie mit uns an unser Wunschziel fahren.«

Pörl lächelt übers ganze Gesicht. »Ich finde es wirklich schön, dass wir zu dritt sind, meine Süße. Und wer liebt das Meer nicht?«

Henny dreht sich zu Ponger um: »Gehört? Sie hat mich gerade meine Süße genannt. Vielleicht habe ich eine Chance auf Adoption.«

Er sagt: »Ich glaube, Pörl fasst es einfach nicht, dass es dich leibhaftig gibt. Und dass ich freiwillig auf Reisen gehe.«

Henny scheint für einen Augenblick verwirrt.

Aber Pörl sagt: »Tja, man kann sich nicht immer vor der Welt verstecken.«

»Ponger hatte in diesem Fall gar keine Wahl«, sagt Henny, »schließlich will er mich besser kennenlernen, und dazu gehört nun einmal, dass man sich gegenseitig seinen Herzensort auf Erden zeigt.«

Pörl schaltet das Radio leiser, nickt, als hätte sie diese Erklärung schon oft gehört. »Ich verstehe«, sagt sie, »deshalb muss es also unbedingt Amrum sein. Oder steckt in Wahrheit doch ein seltener Flipperautomat dahinter?«

»Ha! Das ist lustig«, sagt Henny, »weil es gibt sogar ein Strandcafé mit einem seltenen Flipperautomaten.«

»Das hast du mir gar nicht erzählt.« Ponger staunt nicht schlecht. »Aber das ist nicht dein Herzensort, oder?«

»Nein, das ist ganz Amrum.«

»Die komplette Insel? Zählt das?«

»Oh ja!« Zwei Silben mit dickem Ausrufezeichen von Henny. »Der schönste Platz ist vermutlich unterm Leuchtturm, nachts, mit Blick ins Sternenmeer. Doch insgesamt muss man sagen, es passt gut, dass Amrum mit A anfängt und also von Natur aus im Index der attraktiven Reiseziele weit oben steht. Die Landschaft dort! Einmalig. Allein dieser Strand, wirklich. Den muss man gesehen haben. So breit, dass man denkt, man erreicht das Wasser nie.«

Ponger schielt zu Henny, bereits die ganze Zeit. Sie hat den Regenmantel zusammengefaltet auf dem Schoß liegen, trägt ein Top. Er kann ihren nackten Arm sehen, ein Stück vom Hals, die Hälfte vom Gesicht, die Haut im Nacken. Was er nicht sieht, ist ein Leberfleck, nicht einen einzigen. Er fragt: »Bist du oft auf der Insel gewesen?«

»Ich habe nicht gezählt. Aber mache ich das nicht wirklich gut?«

»Was?«, fragt Ponger

»Alles«, sagt Henny hochzufrieden mit sich, »im Speziellen allerdings meinen Job als Herzensort-Botschafterin.«

**82** Die Autobahn endet. Sie kommen an einer Raffinerie vorbei, die wie ein Ufo in der flachen Landschaft steht, gelandet im Nirgendwo. »Hochsympathisches Spielchen auf jeden Fall, das ihr euch da ausgedacht habt«, sagt Pörl.

»Joa. Na ja, na ja.« Henny wiegt den Kopf hin und her. »Machen wir es nicht wie alle? Und haben alle nicht alles immer aus Geschichten von anderen?«

»Wäre das schlimm?«

»Spannende Frage. Vielleicht wird der Gefühlskram ja überbewertet.«

Pörl tippt mit den Fingern ein kurzes Nana! auf das Lenkrad: »Wir wären wohl kaum zusammen unterwegs ohne den Gefühlskram. Und ihr hättet euch dann vielleicht gar nicht kennengelernt. Fände ich ja nun mehr als schade ...«

»Einverstanden«, sagt Henny, »ich gestehe jetzt trotzdem etwas. Halt dir am besten die Ohren zu, mein lieber Ponger. Mir machen Liebesgeschichten Angst. Gerade die ausgedachten finde ich richtig schlimm.«

Vormittagssonne dringt von der Seite ins Auto. Pörl greift nach der Sonnenbrille, die am Spiegel baumelt. »Ging mir früher auch so«, sagt sie. »Ich habe mich immer gefragt, wie soll die Wirklichkeit da je mithalten?«

»Ja, und will man das überhaupt, dass sie das tut? Wenn es so gefühlig wird, benehmen sich die Figuren in den Geschichten immer seltsam. Ständig großes Aufheben um die ganzen romantischen Rituale und das Bauchkribbeln.«

»Ist das nicht menschlich?«

Henny orakelt: »Und alles endet immer in Abschied und Tränen.«

»Als ehemalige Bibliothekarin kann ich dir jedenfalls sagen, die meisten Menschen sind ganz verrückt nach Liebesgeschichten.«

»Aber tut das den Menschen gut?«

»Das hoffe ich sehr. Ich denke, es macht sensibler.«

»Weiß nicht. Die Figuren machen doch immer einiges durch. Das strengt schon beim Lesen echt an, finde ich.«

Pörl überholt einen Traktor. »Und so lernen wir dann gleich ein paar Lektionen fürs Leben.«

»Trotzdem stürzen sich alle fröhlich weiter ins Unglück. Schwören sich ewige Treue und schenken sich albernen Schmuck und Blumen, um hinterher vor Schmerz fast einzugehen. Es hat in der Wirklichkeit gar nicht den Anschein, als wenn die Bücher so lehrreich wären«, sagt Henny.

Ponger blickt nach draußen: Kühe trotten jenseits der Leitplanken über Wiesen, jede Menge Grün, am Horizont Windräder. Leicht gedankenverloren sagt er: »Ich verspreche dir, von mir bekommst du niemals Rosen, von mir bekommst du höchstens eine Schaukel.«

»Guck, und das hast du eben nicht aus einem Buch. Das hast du von mir persönlich«, sagt Henny.

»Eine Schaukel?« Pörl will mehr von Ponger wissen.

»Das muss Henny Ihnen erklären«, sagt er.

»Schaukeln sind völlig unterschätzt«, sagt Henny. »Oder warum liest man davon so selten? Den Boden unter den Füßen zu verlieren. Die Schwerelosigkeit am Kipppunkt erleben. Die Welt schwingt hoch und wieder runter. Beim Schaukeln kribbelt es wenigstens wirklich im Bauch. Funktioniert mit Blumen doch niemals. Das kann mir doch keiner erzählen. Was fühlt man denn da groß?«

**83** Sie durchqueren eine karge Gegend, wo es nur ab zu kleine Ortschaften gibt, in denen sich ein paar Einfamilienhäuser aneinanderreihen, eingezäunter Stoppelrasen drum herum.

»Das ist wirklich wunderbar, liebe Henny.« Pörl lacht schallend los.

»Was ist so komisch?«

»Tut mir leid. Du hast das einfach schön erzählt.«

Henny sagt: »Ihr lacht ja beide.«

Jetzt merkt Ponger es auch. Und Pörl sagt: »Hört gleich wieder auf.«

Henny verzieht keine Miene, während die beiden anderen sich weiter amüsieren – so still und diskret wie möglich.

Henny sagt: »Schon verstanden, ich rede zu viel. Oder?«

»Ja.«

»Nein.«

Die Antworten von Ponger und Pörl kommen zur gleichen Zeit. Und dann guckt Henny noch ein bisschen ernster, fast beleidigt. Bis sie nach einer Weile, hinein ins kippelige Schweigen im Auto, meint: »Sag du doch mal, Ponger, ganz spontan, was ist romantischer, als wenn dich jemand damit überrascht, dass er einen alten Baum findet und dort eine Schaukel an einen Ast hängt? Was kribbelt wohl so richtig?«

Ponger spürt den Anschnallgurt. »Ein Kuss?«, sagt er tapfer.

»O.k., aber das ist ja nun auch nicht neu.«

»Ich bin nicht so einfallsreich.«

»Glaube ich nicht. Streng dich an«, sagt Henny.

»Ein Rückenwort auf die Haut malen?«

# 84

Wer hat ihm das eingeflüstert? Ponger weiß nicht genau, wie er darauf kommt. Doch es kommt wie aus der Pistole geschossen.

»Aha«, sagt Henny, »ein Rückenwort auf die Haut malen.« Augenbrauen wandern zur Nasenwurzel. »Was hat der Rücken denn mit dem Bauch zu tun? Kann mir doch keiner erzählen, dass es von hinten bis nach vorne kribbelt.«

Sie sagt es sehr leise vor sich hin.

Und Pörl grinst sich eins, fährt, ein Arm am Fenster, entlang der Äcker, Weiden, Felder und schließlich entlang eines Deichs, auf dem wollige Schafe grasen. Die Reifen buchstabieren dazu die Fahrbahn durch, die Flicken im Asphalt, die Bodenwellen und Markierungen.

# VIII
## FÄHRE UTHLANDE,
## DIREKTFAHRT NACH WITTDÜN/AMRUM

**85** Das Meer hat einen Glanz, als wäre es in Zellophan eingeschlagen. Dazu diese Weite. Und die artistischen Gleitübungen der Möwen, die, wie an unsichtbaren Fäden vom Himmel baumelnd, auf der Stelle zu schweben scheinen.

Ponger saugt all die Eindrücke in sich auf.

Sie sitzen an Deck der Fähre. Gute anderthalb Stunden Überfahrt vor sich. Dreißig Seemeilen. Die Vibration, als die Maschine hochgefahren wird.

»Leinen los!«, scherzt Pörl.

Sie verlassen den Hafen. Auf dieser schwimmenden, schaukelnden Insel aus Stahl, plötzlich getrennt vom Rest der Welt.

Die Sonne steht hoch oben.

Wie die Elemente hier am Werk sind. Das wogende Wasser. Der Wind, der durch das Haar fährt, am Körper rempelt. Ponger fühlt sich ein bisschen berauscht. Und ein bisschen eingeschüchtert.

Er schaut auf seine Hände.

Das Gefühl an den Fingerkuppen, als könne man die Luft zerreiben, das Salz, es klebt förmlich an der Haut wie eine hauchdünne, schmierige Membran. »Bekommt man hier auf die Dauer wohl schrumpelige Hände wie nach dem Baden?« Er murmelt es so vor sich hin.

# 86

Pörl und Henny unterhalten sich unterwegs prächtig. Henny teilt noch ein paar ihrer eigenwilligen Ansichten zum Lesen und dem romantischen Gehabe junger Menschen. Nebenher gibt es zur Stärkung ein paar Snacks. Ponger bleibt die meiste Zeit recht still. Durch seinen Körper läuft das gleichmäßige Ruckeln des Schiffs. Er merkt, dass der Tag gestern ihm ordentlich in den Knochen steckt, er lang keinen erholsamen Schlaf mehr gehabt hat.

»Für einen Teenager sieht er oft zu ernst aus«, findet Henny, »ob da viel Masche. im Spiel ist? Ich habe ständig Lust, ihn anzugucken.«

»Wird umgekehrt nicht anders sein«, sagt Pörl, »die Art, wie er mir von den Auftritten und Choreografien erzählt hat – das muss enormen Eindruck auf ihn gemacht haben.«

»Auftritte und Choreografien?«

»Die Tanzerei«, hilft Pörl.

Ein kurzer Moment der Irritation. Henny bekommt aber die Kurve. »Ach so! Ja, ja, ja. Wundert mich nicht. Diese Akrobatik mit den Posen, Sprüngen, Hebe- und Turnelementen – für jemanden, der vertrackte Technik mag, ein guter Sport zum Anschauen wahrscheinlich.« Henny reißt die Fäuste in die Luft. Man könnte glatt meinen, es fehlen nur die Pompons.

»Und jetzt sitzen wir hier«, sagt Pörl.

»Und genießen das Kribbeln im Bauch.« Henny nickt. Dann legen sich ein paar Lachfältchen um ihre Augen. Sie schaut zu Ponger: Bin ich gut oder bin ich sehr gut als Henny? So zumindest würde er den Blick interpretieren. Zu Pörl sagt sie: »Er kann ziemlich gut ernst gucken, kann aber ziemlich gut auch richtig ernst gucken, wenn es drauf ankommt.«

»Ich bin in Hörweite«, sagt Ponger.

»Er belauscht uns«, sagt Pörl, »und ich denke, ich suche mal eben nach der Bordtoilette auf dem Zwischendeck.«

Als Pörl fort ist, klatscht Henny sich auf die Schenkel. Stemmt sich aus der Krümmung der harten Sitzbank. Stellt sich vor Ponger auf.

»Komm«, sagt sie, »an die Reling.«

»Und dann?«

»Dann schauen wir verliebt aufs Meer. Vergessen? Du bist fürchterlich verknallt in mich. Kriegst du das hin?« Es wimpert kräftig vor ihren Augen. Die Wimpern morsen ihm lautlos, aber gekonnt zu: Du kannst jetzt nicht kneifen.

»Vielleicht will ich lieber richtig, richtig ernst gucken?«

Ihr Gesicht verfinstert sich: »Habe ich etwas falsch gemacht?«

Ponger legt den Kopf in den Nacken, schaut kurz dem Windmesser in der Höhe zu, dessen Löffel im Wind rotieren. »Nein«, sagt er und steht auf.

»Dann ist ja gut«, sagt sie und zieht ihn mit sich.

**87** Sie lehnen an der Reling. Das Heck der Fähre zieht mit großem Getöse eine v-förmige Schleppe hinter sich her. Pongers Blick verliert sich im aufgewühlten Wasser unter ihnen. »Ich mache mir Sorgen«, sagt er, »du musst es mit der Henny-Rolle nicht übertreiben, das möchte ich nicht, auf gar keinen Fall.«

»Ich mache mir viel größere Sorgen.«

»Weswegen?«

»Deswegen.« Henny rückt ein Stück an ihn heran. »Diese Emotionskiste – ich habe das nicht mehr vollständig unter Kontrolle.«

»Wir sind demnächst auf der Insel«, sagt er, »dann hat sich das sowieso bald erledigt. Dann brauche ich nur noch eine gute Geschichte für Pörl, wieso du dich plötzlich wieder in Luft aufgelöst hast.«

»Und wenn du ihr einfach sagst, was du weißt und wie es ist? Ich würde das tun, glaube ich.«

»Sagt ausgerechnet die, die nichts über sich verrät.«

»Die Fremde und Geheimnisvolle. Aber es bleibt dabei: Ich bin keine Kriminelle, hundertprozentig nicht, ich bin keine Schwindlerin, und ich bin nicht übergeschnappt. Erstens, zweitens, drittens.« Sie legt, noch bevor Pörls weißer Schopf am Ende des Decks zu sehen ist, ihren Kopf auf Pongers Schulter.

Er legt seinen Arm um Henny.

Wie selbstverständlich, als würden sie im Kino nebeneinandersitzen.

Ponger sagt: »UP1.«

»Es geht niemals gut aus«, sagt sie.

»Weiß keiner«, sagt er.

»Egal jetzt«, sagt Henny, »ich schätze, das ist wohl kein schlechter Moment.« Sie drückt sich noch dichter an ihn. Es stört ihn nicht.

Er atmet ruhig weiter.

Atmet.

Als sich ihre Lippen berühren, schießt Hitze pfeilartig von seiner Brust in alle Richtungen, rauscht bis hoch ins Hirn.

**88** Ihre Zunge schlüpft in seinen Mund. Er kann noch klar denken. Denkt er. Und kann es längst nicht mehr. Im Kino zumindest würde er dem Film jetzt nicht mehr folgen können.

Sie schiebt ihren Körper fest gegen seinen, obwohl kein Platz mehr zwischen ihnen ist. Drängt. Schlingt ihm die Arme um den Hals.

Es fühlt sich echt an, muss Ponger zugeben.

Ziemlich echt.

Und dann ein Aussetzer im Kopf.

# 89 — Tilt!

**90**  Silbrig knallt etwas von innen hart gegen Pongers Schädelknochen. Wie bei einem Flipperautomaten. Alle Funktionen scheinen auf einen Schlag außer Kraft gesetzt. Das Geschehen lässt sich nicht mehr steuern.

Alles dunkel.

Ponger erfasst ein befreiender Schwindel.

Für Momente.

Für Zeit und Ewigkeit.

Für die Dauer des Wimpernschlags dazwischen.

# 91

Er öffnet die Augen wieder. Seine Lippen kribbeln vom Kuss, als sie sich voneinander lösen. Ein bisschen hat Ponger mit dem Gleichgewichtssinn zu ringen. Ausfallschritt. »Einfallslos, aber gut«, sagt er.

Es ist nicht das, was er sagen will.

»Verrückt«, sagt Henny, »ich habe davon glatt einen Hautorgasmus gekriegt. Guck ...« Sie schiebt den Regenmantel am Arm ein Stück hoch, deutet auf ihre Gänsehaut. Wieder entdeckt Ponger nirgends einen Leberfleck.

»Du bist so seltsam«, sagt er.

»Und wenn ich nicht aufpasse, bist du nicht meine Rettung, sondern mein Untergang«, sagt Henny, »aber immerhin bist du nicht mehr ungeküsst.«

»Immerhin.«

»Und als kleine Zugabe verrate ich dir was.«

»Über dich?«

Sie nickt. Sie sagt: »Fünf Geschmacksrichtungen kennt die Zunge – süß, sauer, salzig, bitter, umami.« Henny streicht ihm über die Wange. »Und du, du bist meine sechste, Ponger.«

»Umami?«

»Vollmundig, herb-würzig, übersetzt die Datenbank im Index. Schon mal an Sojasoße geleckt? So eben. Aber du ...«

»Ja?«

»Du bist eine Mischung aus allem. Plus etwas, das nicht von hier ist. Aber das erkläre ich dir ein andermal.«

Ein Hüsteln.

Die Autoschlüssel klimpern in Pörls Hand. »Ich gebe zu, da schlagen alle Herzschrittmacher höher. Aber im Mastkorb rief gerade jemand: Land in Sicht.«

**92** Pörl und Henny machen sich auf in Richtung Autodeck, die Jüngere mit dem Arm bei der Älteren eingehenkelt. Ponger aber wirft noch einen Blick auf die Spur, die das Schiff zieht.

Schrittgeräusche. Stimmen von Mitreisenden hinter ihm. Das Rascheln von Freizeitkleidung. Das silberne Klingen eines Kinderlachens. »Ich sehe was, was du nicht siehst, und das ist barfuß ...«

Ein unsichtbarer Schraubstock quetscht Ponger im Inneren alles zusammen. Werden sie auf dem Rückweg nur noch zu zweit sein?

# IX

## CAMPINGPLATZ AMRUM
## & WALDWEG ZUR VOGELKOJE

**93** Nasen und Wangen gerötet vom Wind auf der Fähre, schlagen sie ihr Lager in den Dünen des Campingplatzes auf. Bugsieren zunächst Pörls Wohnwagen an einen freien Fleck bei den anderen Caravans, bevor dann das Zelt für Henny und Ponger, ein gutes Stück entfernt, aufgestellt wird. Ein kleines Iglu. Ponger kommt tatsächlich ins Schwitzen, hat die Sache aber in null Komma nichts erledigt. Am Himmel nur ein paar Fetzen wie aus weißem Rauch. Pörl hat vorsorglich UV-Schutz-Creme verteilt. T-Shirt-Wetter.

In den Sandmulden um sie herum kaum Bewegung: Ponger entdeckt nur hier und da dösende Urlauber auf einer Luftmatratze oder einer Strandmatte beim Sonnen zwischen den farbenfrohen Zelten. Der Rest der Nachbarschaft scheint ausgeschwärmt zum Baden oder ist sonst wie in der Natur unterwegs.

Ausnahme: einige junge Leute vor einem kunterbunten Kleinbus. Im Schatten einer wackeligen Dachkonstruktion hocken sie auf Getränkekisten, lassen Kronkorken springen, nuckeln an Flaschenhälsen und beschäftigen sich damit, fachgerecht Bratwürstchen zu brutzeln.

Einer der jungen Männer trägt auf dem Kopf eine Frisur wie eine Art Hühnerkamm, knallrot. Was Ponger kurz die Stirn runzeln lässt. Bestimmt nur ein sonderbarer Fall von selektiver Wahrnehmung.

Henny klatscht in die Hände: »Auf zur Inseltour und ans Meer?«

»Ich freue mich aufs Baden«, sagt Ponger.

Pörl ist im Inneren des Wohnwagens verschwunden und streckt jetzt den Kopf aus einem der geöffneten Fenster: »Ihr solltet unbedingt starten. Aber ich werde mich erst noch um die Stromversorgung und ein paar Einkäufe kümmern, meine Süßen, und mich dann für ein Nickerchen zurückziehen. Grüßt aber die Muscheln von mir und bringt auf dem Rückweg Appetit mit!«

# 94

Während Henny vor dem Start des Ausflugs noch einen Abstecher zu den Waschräumen macht, geht Ponger zum Parkplatz. Sonnenstrahlen verweilen auf dem Glas der Heckscheibe von Pörls Oldtimer.

Er öffnet den Kofferraum.

Beugt sich weit unter die Haube, kontrolliert seine Tasche mit dem Werkzeug, überlegt, ob es etwas gibt, das er vergessen haben könnte. Was schwer zu entscheiden ist, wenn man nicht weiß, welche Art Transportmittel einen erwartet – und ob überhaupt repariert werden muss.

Dann überlegt er, ob es etwas nützen würde, wenn er von dem Werkzeug absichtlich einen Teil im Auto liegen lässt. Was auch nicht leicht zu entscheiden ist, wenn man nicht weiß, womit man es zu tun hat.

Ein Wasserfahrzeug?

Ein Sandvehikel?

Ponger wühlt gedankenverloren im Krempel vor sich.

Er hört das Schlurfen von Flipflops näher kommen, ein Paar. Und noch ein Paar. Er hört einen Pfiff der Bewunderung. »Was ist das für eine Karre? Buick Special Riviera? Glanzlicht einer untergegangenen Epoche. Ich stehe total auf dieses Perlmuttweiß. «

# 95

Ponger schielt zur Seite. Zwei kurze Hosen, aus denen jeweils zwei Beine wachsen, hell und dünn wie Trommelstöcke. Sie gehören tatsächlich zu zwei Typen aus der Grillgruppe. Und einer ist Hühnerkamm. Der andere ist ein Kerl mit speckigem Käppi, offenbar Automobilexperte. Er sagt: »Sieht mir eher nach einem wilden Nachbau oder einer Spezialanfertigung aus. Das sind doch keine Originalteile.« Streicht dabei gutachtermäßig über die Karosse.

Hühnerkamm nickt: »Jetzt, wo du es sagst. Die spitzen Flossen da sehen eher aus wie beim Skylark, aber nicht ganz. Wie ein geschrumpfter Skylark.« Er benutzt sein Kinn als Zeigeinstrument.

Und Speckkäppi schnipst, bevor er bei einer Besichtigungsrunde um das Fahrzeug herum auf den Kühlergrill zeigt: »Gab es das Haifischmaul nach 58 noch? Ich denke nein. Interessant.«

»Und wieso stehen denn da die Buchstaben P-Ö-R-L auf der Haube? Ist das ein Gag?« Hühnerkamm lacht ein unnatürliches Lachen.

»Mein Reden: kein Buick, kein Original«, sagt Speckkäppi und nimmt nun das erste Mal richtig Notiz von Ponger. Mit geschulterter Werkzeugtasche und einer Taschenlampe in der Hand ist der aus dem Kofferraum aufgetaucht. Süßlicher Bierdunst weht ihn an.

»Deine Kiste?«, fragt Hühnerkamm.

»Gehört einer Frau mit Stil. Ich selbst kenne mich mit Autos nicht aus.« Ponger zuckt mit den Schultern. »Nicht mal Führerschein.«

Speckkäppi tastet noch einmal an dem Metall herum, diesmal am Kotflügel: »Der Wagen ist doch nicht gepanzert, oder?« Er sieht Ponger an wie etwas, das man aus dem Grillrost kratzen muss. »Und wozu brauchst du am Tag eine Taschenlampe?«

»Licht ins Dunkel bringen«, kommt die Antwort aus Pongers Rücken.

Der Kofferraumdeckel schlägt zu. Rums.

Henny.

»Lass uns ausschwirren«, sagt sie.

**96** Sie ziehen ab wie ein normales Liebespaar, Hand in Hand. Obwohl sie bereits am Parkplatz längst außer Sichtweite von Pörls Wohnwagen gewesen sein dürften. Henny könnte Ponger jetzt loslassen. Tut es aber nicht. Spätestens, als sie die Straße erreichen, gibt es überhaupt keinen Grund mehr für Schauspielerei.

Ponger spürt die verwirrende Sehnsucht, diese Berührung nicht enden zu lassen. Zugleich aber rätselt er unablässig, woran er nur bei Henny ist. »Ich habe das Werkzeug dabei«, sagt er.

»Ich Handtücher«, sagt sie, »und die Steuereinheit natürlich.« Sie zupft einmal an der Kordel des Stoffbeutels, den sie über der Schulter trägt.

Bald erreichen sie ein Waldstück.

Eine holperige Piste zieht sich hindurch, die meiste Zeit schnurgerade. Touristen auf Leihrädern strampeln an ihnen vorbei, in beide Richtungen. Ein paar Fußgänger gibt es auch. Alle Fluginsekten der Gegend wünschen sich wahrscheinlich Lotsen, um rechtzeitig vor den vielen Hindernissen auf ihren Routen gewarnt zu werden.

»Wenn wir uns ranhalten, brauchen wir vielleicht eine knappe Stunde zu Fuß. Oder wir leihen uns im nächsten Dorf auch ein Rad«, sagt Henny.

Und Ponger?

Er nickt.

Beinah mechanisch setzt er einen Fuß vor den nächsten. Schaut hinein in die Baumparade links und die Baumparade rechts vom Weg. Der rötlich-goldene Schimmer zwischen den krummen Stämmen und Ästen. Der Boden darunter mit einem dicken Teppich Kiefernnadeln ausgelegt.

Was soll man machen, wenn man nicht weiß, woran man ist?

Man fragt.

Die verblüffende Anmut und Einfachheit der Logik.

Ponger sagt: »Wenn mich früher jemand anderes als Pörl berührt hat, bin ich regelrecht durchgedreht.« Er holt tief Luft. Und die Luft riecht gut, fühlt sich auf der nackten Haut der Arme außerdem weich und fest wie Flanell an.

Das war keine Frage, aber ein Anfang ist gemacht.

»Du kannst durchdrehen? Im Sinne von ausflippen?«

»Im Sinne von Panikattacke, ja.«

Eine Kleinfamilie radelt klingelnd an ihnen vorbei. Henny fragt in den Lärm hinein: »Worauf willst du überhaupt hinaus?«

Er bleibt stehen.

Das heißt, er versucht es.

Doch weil Henny und er sich noch immer an den Händen halten und weil Henny gleich energisch zieht, stolpert er noch ein paar Schritte hinter ihr her, bis sie schließlich einlenkt.

Ponger sagt: »Wie soll ich wissen, ob du es ernst meinst?«

# 97

Henny seufzt, gibt Pongers Hand frei und dreht sich zu ihm: »Kannst du nicht. Kann ich aber auch nicht. Keiner kann's. Ich glaube ja sowieso: Du bist ins Verliebtsein verliebt. Nicht in mich.«

Er blinzelt gegen die Sonne. Die Strahlen haben zwischen den Wipfeln freie Bahn hinab auf die Wegschneise: alles hell wie auf einem überbelichteten Foto. Ponger meint dennoch, in Hennys Augen lesen zu können.

Nicht die gleiche Selbstsicherheit wie sonst.

Er hält ihren Blick und fragt: »Kannst du mir vielleicht erklären, warum das eine das andere ausschließt?«

»Ich weiß, was du versuchst«, sagt sie, »ich darf das aber nicht zulassen.«

»Ja, ich versuche, eine Antwort zu bekommen. Mal wieder.«

Henny nickt und schüttelt dann den Kopf: »Du bist durcheinander. Denn schließlich haben wir uns geküsst, schließlich laufen wir Hand in Hand über diese hübsche Insel. Aber das kommt dir zu fantastisch vor, um wirklich wahr zu sein. Deswegen möchtest du a) mir deine Zuneigung gestehen und b) am liebsten, dass ich dann dasselbe tue. Das Dumme ist nur, du kriegst es nicht so gut hin, und ich halte diese Dinge einfach lieber getrennt: denken, reden, fühlen. Was bringt es auch, wenn wir uns gegenseitig mit Worten schmeicheln, die wir bloß sonst wo abgekupfert haben? Bringt das was?«

Ein Wölkchen hat sich vor die Sonne geschoben.

Hennys Augen.

Diese aufreizende Selbstzufriedenheit darin. Jetzt ist sie zurück.

Aber Pongers innere Stimme flüstert ihm ein, nicht gleich wieder lockerzulassen. Er sagt: »Wenn ich verliebt ins Verliebtsein bin, dann bist du aber mal mindestens genauso verliebt in die Idee, dass das was Schlimmes ist.«

»Ist es auch.«

»Nein.« Ponger weiß, dass er verkniffen guckt. Die Hände verkrampft zu Fäusten in den Hosentaschen.

»Es ist Fiktion und Tradition. Weiter nichts. Es geht hier in Wahrheit doch nicht um dich und mich und um Seelenverwandtschaft und all den Mumpitz. Im Hintergrund spult doch nur ein völlig unsentimentales biologisches Programm ab. Chemie. Hormone. Triebe. Dafür kannst du natürlich gar nichts, ist einfach so: Du fühlst dich körperlich von mir angezogen.«

»Du dich aber nicht von mir? Ist das das Problem?«

»Darauf antworte ich jetzt nicht. Weil ...« Henny stockt. Und ihre Augen verraten, sie kämpft nicht nur darum, eine passende Formulierung zu finden.

»Kein Eintrag im Index?« Sollten innere Stimmen auch bitter grinsen können, dann tut es die von Ponger gerade im großen Stil.

Henny senkt kurz den Blick: »Ich finde das einfach selbst verwirrend. Ich weiß, ich habe vorgeschlagen, für deine imaginäre Freundin einzuspringen. Und eigentlich passt es mir ganz gut, dass du denkst, das ist alles nur gespielt. Denn Liebeskummer gilt ja als äußerst hinterlistige Bestie, wie wir aus unseren Büchern wissen. Und den hast du nicht verdient. Nicht meinetwegen. Und auch keine Panikattacken. Denn du bist ja wirklich sehr nett zu mir. Und ich brauche dich, um nach Hause zu kommen.«

»Verstanden.«

»Ich mag dich.«

»Ich sagte doch: Verstanden!«

»In dieser Sekunde Lust, mich noch mal zu küssen?«

»Nein.«

»Weil du denkst, ich meine es nicht ernst.«

»Genau.«

»Na dann?« Ein mordlustiger Blick trifft ihn. Den hat sie wirklich drauf. »Können wir weiter?«

**98**  Als die letzten Worte in seinem Hirn ankommen, ist Henny schon abgedreht.

**99** Keine Urlauber in Sicht auf der Piste. Schweigen im Walde. Wo sind die Insekten auf einmal hin? Und die Menschen? Selbst der Wind hält einmal kurz den Atem an. Ein seltsamer Moment. Ein sehr stiller.

Und nun?

Ponger horcht in sich hinein.

Keine Antwort.

Vielen Dank für nichts, innere Stimme. Ponger rauft sich die Haare. Rennt hinter Henny her. Henny mit dem Beutel über der Schulter. Sie nimmt gleich wieder seine Hand.

»Nur noch mal schnell zur Sicherheit«, sagt Ponger, »du bist also auch verwirrt. Aber in welcher Hinsicht? Fiktiv oder biologisch?«

»Du bist ein Idiot«, sagt sie.

Eine Wespe knallt ihm gegen die Stirn. »Aua«, sagt er.

»Kein Witz«, sagt sie, »ich habe überhaupt keinen Kopf für diesen ganzen Kram, das weißt du doch eigentlich. Und für dich wird das alles so auch nicht leichter. Das solltest du erst recht wissen.«

»Ich bin ein Idiot«, sagt er, »ich weiß wirklich gar nichts.«

»Dann erzähl ich dir kurz mal was. Wenn wir den nächsten Fahrradverleih finden: kein Tandem.«

# 100

Ein wolfsartiger Hund springt sie an, als sie das Grundstück betreten. An der Kate, an der es Räder zu leihen gibt, läutet die Inhaberin bereits den Feierabend ein. Außerdem braucht man einen Ausweis als Pfand. Die Sache scheint zum Scheitern verurteilt.

»Ist ein Notfall«, versucht es Ponger.

Er erntet ein Kopfschütteln. Die blonde Hünin im Fischerhemd sagt: »Kein Ausweis, keine Räder.«

»Toll. Wollen Sie es jetzt so klingen lassen, als hätten Sie diese Regel nicht selbst aufgestellt?« Hennys giftiger Kommentar. »Das ist doch kein Naturgesetz.«

»Meine Räder, meine Regeln.«

Kettenöl. Gummi. Guter Werkstattgeruch. Ponger will nicht so schnell klein beigeben, bemüht sich zu retten, was zu retten ist: »Wir nehmen auch jede Klapperkiste. Wer geht schon mit Ausweis an den Strand zum Baden?«

»Badengehen ist also euer Notfall?«

Ponger versucht, der Insulanerin das Geld von Susi als Ausweisersatz schmackhaft zu machen, blättert einen Schein auf den Tresen.

Kaum Reaktion.

»Wir sind nur kurz auf der Insel. Und einmal muss man doch im Meer gewesen sein, oder nicht?«

Die Seebärin, die optisch glatt als Schwester von Winotzki durchgehen könnte, überkreuzt still die Arme vor der Brust.

Nach drei weiteren Scheinen knurrt sie dann auf einmal ein vieldeutiges Knurren. Das Geräusch erinnert an den Ton einer verstimmten Spielmannszug-Tuba. Interpretierbar, mit einigem Wohlwollen, als Zustimmung.

»Könnt das Tandem haben, wenn ihr es selbst aufpumpt.«

Ponger hat nichts gegen das Aufpumpen.

Henny verdreht die Augen. »Aber es ist klar, wer ans Steuer darf, oder?«

**IOI** Sie folgen verwitterten Wegweisern durch das Wäldchen, zu einem Ort namens Vogelkoje. Er entpuppt sich als Lichtung, wo das windschiefe Häuschen eines Vogelwarts steht und mit seinem Strohdach offenbar seit Jahrzehnten tapfer Wind und Verfall trotzt. Angeschlossen sind ein Kiosk und ein Spielplatz. Es gibt außerdem einen Teich und ein Gehege mit Rehen.

Von Menschen allerdings keine Spur zu dieser Stunde, nur geisterhafte Leere. Der Nachmittag ist weit fortgeschritten, sie kommen außerhalb der Öffnungszeiten. Die Schaukelkette quietscht ein wenig, sobald ein Windhauch müde Anschwung gibt.

Henny und Ponger stellen das Tandem neben der wettergegerbten Tunnelrutsche ab. Statt Kinderlachen schwirren Schmetterlinge durch die Luft.

»Eigenartig. Da am Hals, da hast du einen Leberfleck.«

»Hm.«

»Vorhin hast du den noch nicht gehabt.«

»Oder du hast vorhin nicht genau hingeschaut.«

»Ist ja auch nicht so wichtig.« Ponger starrt trotzdem weiter auf die Stelle. »Eine Runde schaukeln?«

Henny ignoriert die Bemerkung einfach. Sie streckt den Arm aus. »Jetzt weiter Richtung Strand, dann sind wir da«, erklärt sie. Deutet auf den Einstieg zu einem Pfad neben einem Gestrüpp.

Federnde Holzplanken sind zu einem Bohlenweg zusammengenagelt. Auf und nieder schlängelt er sich durch eine leicht hügelige Heidelandschaft, spannt sich über weite, flache Täler, legt sich in scharfe Kurven und erklimmt grasbewachsene Kuppen.

Fasane huschen hin und wieder durchs Bild.

Oben segeln Möwen.

Die Gurte der Werkzeugtasche schneiden in Pongers Schulter, als sie einen gestauchten Verwandten des Leuchtturms passieren. Quermarkenfeuer, informiert eine Auskunftstafel zu dem rot-weiß gestreiften Rundbau.

Dahinter der letzte Dünengürtel. Die Landschaft verändert sich wieder. Sie erreichen ein unwirkliches Gebirge aus Sand.

»Wow!«, sagt Ponger, »ich bekomme schon wieder Hirnsausen.«

»Ich aber auch«, sagt Henny.

Vom Meer her bläst der Wind. Salzig, silbrig, frisch. Es kitzelt auf Pongers Zunge, ein bisschen wie Mineralwasser. »Dein Herzensort könnte auch mein Herzensort werden«, sagt er.

Schaut und schaut.

Und dann treffen sich ihre Blicke …

...?!

...!?

KNIEP, AMRUM

**102** Vor ihnen liegt eine zuckerhelle Mondlandschaft, eine kilometerbreite Fläche. Ein Ort wie aus einer fernen Zeit vor oder nach der Menschheit. Ponger hakt es beinah den Unterkiefer aus. Aber Henny scheint überhaupt nicht glücklich, das sieht er in ihren Augen.

»Das darf echt nicht wahr sein«, sagt sie.

Er weiß zuerst nicht, was sie meint. »So einen Strand habe ich noch nie gesehen. Großes Kino! Wenn Sand das neue Gold wäre, wäre diese Insel das Eldorado, die Schatzkammer des Landes.«

Er lässt das Auge wieder schweifen.

Sehr fern: ein krauses Laken, tintenblau, die Nordsee. Ein langsamer Schwenk von links nach rechts entlang der Wasserkante, wo Wellenkrönchen weiß aufblitzen. Von dort schließlich Zoom zurück zu den Dünen. Und dann sieht auch er, was Henny wohl die ganze Zeit schon sieht.

Das eingezäunte Areal am Übergang zum Strand hat ungefähr die Ausmaße eines Basketballfeldes. In den Ecken ragen Scheinwerfer-Masten auf. Mittig ein wuchtiges Zelt, wie man es aus Feldlagern kennt.

»Ein Sperrgebiet, hier?! Was für eine Riesenscheiße.« Henny wirkt plötzlich sehr blass um die Nase. Und zuckt erschreckt zusammen, als hinter ihnen eine Tuba lospustet.

»Sag das mal laut, Mädchen.«

Fischerhemd.

Wolfshund an kurzer Leine.

Die Inhaberin des Fahrradverleihs. Zweisilbig erklärt sie auf Pongers erstaunten Blick hin ihre Geschwindigkeit: »E-Bike.« Wird aber gesprächiger, als Henny sie nach dem Grund für die eigenartige Strandbebauung fragt. »Eins dieser Naturschützer-Projekte. Lebensraumerhalt ist Artenerhalt. Bla, bla, blupp. Sauteuer garantiert. Und wofür? Vielleicht haben sie den gefiederten Sandkäfer gefunden. Man weiß es nicht.«

»Vor ein paar Tagen stand noch kein Zelt, kein Zaun.«

»Nein, ist neu. Hat auf jeden Fall auch sein Gutes. In der Kneipe kocht die Gerüchteküche anfangs immer schön hoch, wenn Hirnakrobaten vom Festland hier in offizieller Mission aufkreuzen. Sorgt für Stimmung!«

Henny kann auch Sarkasmus. Sie fragt nach: »Gerüchte so von der Art: Alles nur ein Ablenkungsmanöver und am Ende klaut einer den Leuchtturm?«

»Anfang der Woche will Krabbenkutter-Knut gesehen haben, dass gegen fünf am Morgen ein Meteorit auf den Kniep gestürzt ist. Aber da hatte Knut auch schon fünf bis zehn Schnäpse intus. Jetzt denkt er jedenfalls, die bergen dort radioaktives Material für eine Superwaffe.«

»Was ist der Kniep?«

»Na, das da unten. Der Strand der Strände, um den uns alle beneiden. Wo der Sand an den Beinen kniept, wenn der Wind pustet. Wo ihr rüber müsst, wenn ihr ans Meer zum Baden wollt.«

»Wird ja schwierig jetzt.«

»Ach was. Geht einfach ein Stück da durch die Dünen nach luv und dann kommt ihr auch ruckzuck an diesem affigen Zaun vorbei. Auf dieser Insel kann man sich immer aus dem Weg gehen.«

**IOЗ** Das Dünengras, das in kniehohen Büscheln wächst, umkurven sie im Slalom auf dem Weg nach unten. Weich wie Mehl fühlt Ponger den Sand unter den Sohlen, auch er läuft jetzt barfuß.

Sie halten Abstand zum vergitterten Camp der Naturschützer. Sind aber doch nah genug, um sich einen Eindruck zu verschaffen. Henny scheint bedacht darauf, nicht zu aufdringlich und neugierig zu wirken. Fraglos hat dieses Lager etwas Abschreckendes. Geschätzte Höhe des Zauns: mehr als ein Winotzki. Zudem ist es eigenartig ruhig auf der anderen Seite.

Der Zeltstoff knallt zwischen dem Gestänge wie Soldaten beim Strammstehen. Eine Fahne zappelt im Wind über dem Eingang: »Es gibt keinen Planeten B.« Davor hockt jemand im Schatten eines hellen Sonnenschirms auf einem Klappstuhl. Trägt er Tarnanzug und liegt ein Maschinengewehr in seinem Schoß? Nein, er dreht eine Flasche Cola in der Hand hin und her, starrt das Getränk lange an. Die Harmlosigkeit in Person.

»In der Kneipe hätte ich echt einiges zu erzählen«, merkt Ponger an. Verfällt dann in einen gewollt geheimnisvollen Ton: »Ein Artenschützer, Anfang dreißig, trug so ein Fischerhemd wie die Inhaberin vom Fahrradverleih, konsumierte ein koffeinhaltiges Getränk. Einmal hat er in der Nase gebohrt. Vermutlich ein Warnsignal: Buddeln des Tunnelstollens zur Dorfsparkasse augenblicklich einstellen, die Vibrationen könnten die Aktion verraten.«

Nicht mal ein Zucken um Hennys Mundwinkel.

Sie findet das alles nicht lustig.

# 104

Wellen rollen ans Ufer, schwappen mit leisem Klatschen an Land. Henny und Ponger haben den ganzen riesigen Kniep für sich allein. Nur eine Möwe stolziert mit geschwellter Brust umher, als gehöre das alles eigentlich ihr, als habe es immer ihr gehört, als wünsche sie den Eindringlingen mindestens Skorbut.

Henny denkt laut über das Sperrgebiet nach: »Du hältst das also alles für Zufall?« Silberüberhäuft sitzt sie in der Sonne. Was für irres Licht. Als würden die Strahlen nur feinsten Perlmuttstaub aus den Muschelfeldern aufwirbeln.

»Ich halte es für eine gute Idee, jetzt baden zu gehen. Das erste Mal in meinem Leben im Meer, soweit ich weiß«, sagt Ponger.

Froh, das Werkzeug nicht mehr schleppen zu müssen.

Froh ganz allgemein.

»Du denkst, ich bin eine Märchentante.« Henny beschirmt die Augen mit der Hand, blickt zurück zu den Dünen.

Ponger auch.

Aus der Ferne wirkt das Gehege der Naturschützer fast mickrig. Weiße Wolken mit scharf gezeichneten Rändern hängen darüber im Blau. Er denkt: Vielleicht hat Henny doch alles ziemlich hochgekocht. Ponger bemüht sich, das nicht offen zu zeigen, aber beim Anblick des Zeltes rührt sich in ihm kein besonderer Zweifel oder Verdacht. Und er hätte nichts gegen eine harmlose Erklärung sämtlicher Vorkommnisse seit dieser Notbremsung vorgestern. »Du hast das stark verkauft«, sagt er.

»Was?«

»Deine Geschichte.«

»Dann erzähl mir mal meine Geschichte.«

»Je weniger du davon weißt, desto weniger ärgerst du dich darüber.«

»Gib's mir nur.«

Er fühlt mit dem Zeh vor, wie es um die Temperatur bestellt ist. Absolut annehmbar. Offenbar hat es geholfen, dass die Sonne bei Ebbe in dem Sand gebadet hat, den nun die Flut zurückerobert. Der aufgeheizte Boden strahlt seine Wärme jetzt nach oben ab. Ponger sagt: »Die Gischt riecht wie du!«

**105** Er stürzt sich in die Fluten. Paddelt mit Armen und Beinen. Lässt sich von der Strömung treiben. Liegt auf dem Rücken, spielt toter Ponger und fühlt sich dabei so lebendig wie nie, fühlt sich in seinem Element. Diese Schwerelosigkeit.

Seinetwegen könnten sie jetzt einfach ein paar Tage so auf der Insel verbringen: Tandemfahrten, Spaziergänge, Schwimmausflüge.

Würde es nach ihm gehen, könnten sie jetzt auf jeden Fall auch noch eine ganze Weile am Strand bleiben. Mindestens bis zum Sonnenuntergang. Zur Not auch bis ans Ende aller Tage.

Es geht aber nicht nach ihm.

»Ich will zurück.« Hennys Ruf vom Ufer.

Ponger hat eine Sandbank erreicht. Winkt. »Fünf Minuten«, sagt er.

Sie gibt ihm anderthalb.

# 106

Tropfend zurück am Strand bei Henny: Ponger schüttelt Salzwasser aus den Haaren – silbrige Perlen schwirren herum. Eine Salve benetzt auch Henny. Stur und ungerührt nimmt sie den Gedanken von vorhin wieder auf: »Du musst doch einsehen, dass Zufall als Erklärung zu billig wäre. Das kann keiner sein.«

Sie wirft ihm ein Handtuch zu. Verschreckt damit die Möwe, die dicht an sie herangeschlichen war. Der Seevogel hebt ab vom Boden, schlägt ein paarmal die Schwingen, gerät über dem Wasser ins Gleiten, steht dann in der Luft mit starren Flügeln wie ein Kinderdrache.

Ponger rubbelt die Arme trocken: »Also, ich glaube, du wusstest von dem Zelt und den Naturschützern.«

»Du meinst wirklich, ich habe mir das alles ausgedacht?«

»Passt doch gut. An dein mysteriöses Transportmittel kommen wir ja nun nicht ran. Just um die Stelle, wo du es vergraben hast, hat man einen Zaun errichtet. So ein Pech aber auch.«

»Warum sollte ich dich dann wohl auf die Insel locken?«

»Das ist allerdings rätselhaft.«

»Und warum sind diese ganzen Typen wohl hinter mir her gewesen?«

»Vielleicht bist du eine große Nummer der autonomen Szene. Vielleicht bist du im Untergrund. Da landet man schon mal auf einer Wache. Und haut ab, ohne seine Identität preiszugeben. Klingt für mich stimmig.«

»Und was ist mit dir? Warum du, Ponger?«

»Warum du mich ausgewählt hast? Das ist einfach. Ich bin ein leichtes Opfer. Du könntest wirklich ursprünglich von dieser Insel hier kommen. Oder du willst vielleicht von hier weiter. Was weiß denn ich. Das Dumme ist: Du hast kein Geld. Wir haben dich günstig chauffiert.«

»Tolle Geschichte.«

»Erzähl mir eine bessere.«

Henny trichtert Sand durch ihre Fäuste. Findet zwischen den winzigen Körnchen den Splitter eines Muschelpanzers.

»Hast du die Story vorhin gehört? Die Sache mit dem Meteoriten?«

# 107

Henny bewegt das Muschelstück zwischen den Fingern. Sie scheint auf eine Antwort zu warten. Er sucht in ihrem Gesicht nach einem Hinweis, dass ihre Frage nur der Auftakt zu einem Scherz ist.

Er findet keinen.

Er sagt: »Wusstest du das? Es regnen jeden Tag so um die hundert Tonnen Gestein aus dem Weltall auf die Erde.«

Ihre Augen verengen sich. »Siehst du, du willst es gar nicht wissen.«

»Was will ich nicht wissen? Dass da hinten ein Raumschiff im Sand liegt?« Er lacht auf. »Ein schnittiger Sternengleiter?«

Sie schneidet sich an der Muschel. »Genau«, sagt sie.

»Du blutest an der Hand«, sagt er.

»Oh ...« Die Verletzung scheint sie bis dahin nicht gespürt zu haben. Sie nimmt die Stelle in den Mund und saugt daran.

»Tat das nicht weh? Die Kante sieht wirklich scharf aus.«

Sie schüttelt den Kopf. »Guck, hört schon auf.« Sie hält den Finger hoch. Nichts mehr zu sehen.

»Erstaunliche Heilkräfte«, sagt er.

# 108

Henny wartet nicht auf ihn, geht vor, während er sich noch anzieht. Ihre Füße stempeln tiefe Abdrücke in den Sand. Fünf Zehen.

Das sagt Ponger sich auch im Kopf vor.

Fünf Zehen.

Links fünf, rechts fünf.

So folgt er ihrer Fährte. Und dem eigenen, länger und länger werdenden Schatten.

# 109

Am Quermarkenfeuer schlüpft Ponger auf einer Bank mit Panoramablick wieder in Strümpfe und Schuhe. Schielt dabei auf das Schauspiel, das die Natur gerade veranstaltet. Der Himmel hat sich orange verfärbt, lässt das Meer stellenweise und für eine ganze Weile schon goldbraun erscheinen.

»Ich habe nachgedacht«, sagt Henny, »nachher bei Dunkelheit kommen wir zurück, klettern über den Zaun. Auch Naturschützer müssen mal schlafen, und es ist ja nicht so, dass überall Stacheldraht gespannt wäre.«

»Jetzt sind es doch Naturschützer?«

»Ich erzähle keinen Mist, wirst du dann schon sehen.«

Er blickt auf ihr Kinn. »Du hast jetzt noch einen Leberfleck. Da.«

»Ich bin eine extraterrestrische Lebensform. Was willst du hören?«

»Ich will nicht über Zäune klettern. Das will ich hören.«

»Du lässt mich hängen?«

»Schmiede gerne schöne Fluchtpläne für dich. Mich brauchst du doch gar nicht. Zumindest nicht für die Reparatur.«

»Deswegen bist du aber doch überhaupt mitgekommen. Was redest du?«

»Ich bin deinetwegen mit.«

Die Antwort scheint gut. Aber nicht gut genug.

»Sag ich doch.«

»Du kapierst es nicht, oder? Egal. Es gibt nichts zu reparieren. Bau die Steuereinheit ein. Pack sie einfach dahin, wo sie hingehört. Ich habe sie zu Hause auf Vordermann gebracht.«

Henny zuckt, als würde die Nachricht hart im Bewusstsein einschlagen: »Die Schnittstelle ist in Ordnung? Du hast mich belogen?«

»Ja.«

Henny denkt nach.

Dreht den Kopf langsam mal hierhin, mal dahin.

Es sieht aus, als würden innerlich unheimlich komplizierte Hirnprozesse ablaufen. Dann steht sie auf. »Mann, ist das alles verwirrend mit dir«, sagt sie.

Die nächsten Minuten schauen beide still dabei zu, wie der Horizont sich weiter verfärbt, ein hysterisches Rosa flammt am Himmel auf.

Wie die Glut eines Lagerfeuers.

Auch etwas Violettes schimmert durch.

Ponger sagt: »Nur aus Neugier. Hast du je darüber nachgedacht, mich mitzunehmen? Wohin auch immer. Womit auch immer.«

»Nein.«

»O.k.«

XI

CAMPINGPLATZ AMRUM

**110** Tag und Nacht, Helligkeit und Dunkelheit knobeln noch, wer im Augenblick die Nase vorn hat, als Henny und Ponger mit dem Tandem den Campingplatz erreichen.

Pörl hat außen am Wohnwagen eine Lampionkette installiert. Die bunten Kugeln sorgen für filmreife, entspannte Urlaubsatmosphäre.

Und Pörl hat gekocht. Sie serviert einen Eintopf. Eifrig wird losgelöffelt. Mit Blick auf den Leuchtturm, der bereits den Betrieb aufgenommen hat, seine Signale in die Ferne schickt. Und während sie essen, verliert die Welt nach der feurigen Dämmerung jetzt schnell an Farbe.

Henny erzählt ein bisschen vom Tandem-Fahren.

Ponger erzählt ein bisschen vom Baden.

Pörl erzählt ein bisschen von früher. Henny liefert das Stichwort: »Wie genau sind Sie eigentlich da gelandet, wo Sie gelandet sind, liebe Pörl?«

»Gute Frage«, beginnt Pörl, »da, wo ich ursprünglich herstamme, war es nicht leicht, an Lesestoff zu kommen. Die nächste Leihbücherei lag in unerreichbarer Ferne, quasi drei Milchstraßen weiter ...«

Von nebenan, dem bunt bemalten Kleinbus der Grillgang, weht der Soundtrack herüber. Zugegebenermaßen kein schlechter: »Ja-ja, alles war schön und nichts hat wehgetan!« Susi würde mitschmettern.

Und als gäbe es das Phänomen der Gedankenübertragung nicht nur als Redewendung, ruft Pongers Ex-Chefin in dieser Sekunde an. Allerdings nicht, um ihm etwas vorzusingen.

**III** Ponger entfernt sich ein Stück vom Wohnwagen, um die Unterhaltung von Pörl und Henny nicht zu stören. Einerseits. Und dann sind da ja noch die Vorfälle der letzten Nacht, andererseits. Ponger hatte das fast verdrängt: Die Sache mit Stellas Attacke auf diesen Hotsch.

War das wirklich erst letzte Nacht?

»Was für ein Dreckstag, Ponger.« Susi flucht erst einmal über ein paar neue Brandlöcher in ihrem Overall. Und offenbar hat sie die Flasche mit dem Fusel heute auch wieder als Tröster in ihrer Nähe. Er bemerkt ein leichtes Lallen. »Ohne dich läuft es nicht. Ich konnte mich gar nicht auf die Arbeit konzentrieren.«

»Du bist bestimmt sauer, weil ich nachts in der Garage gewesen bin.«

»Was redest du?«

»Hast du nichts von Stella gehört?«

»Einfach niemand war da heute Morgen. Weißt du, wie schlimm das ist? Ich frage mich schon seit Stunden, wie ich das früher ausgehalten habe.«

»Ich fehle erst einen Tag.«

»Kommst du morgen wieder, bitte?«

»Morgen ist Samstag. Ist das ein Trick?«

Ja, ist das einer?

Ponger beschleicht plötzlich ein Verdacht: Was, wenn sie die Pistole auf der Brust hat? Vielleicht steht gerade Winotzki neben ihr?

Sein Hals verengt sich.

Susi hustet ihr Zigarren-Husten: »Da siehst du mal, wie durcheinander ich bin. Aber was für ein Trick soll das sein? Das ist ein beherzter Versuch, dir mitzuteilen, dass die Klinik dich braucht. Wenn du darauf bestehst, bringe ich dir gerne vorher Blumen vorbei und bitte auf Knien um Verzeihung.«

Er legt auf.

**112** Susi ruft sofort wieder an: »Die Verbindung war plötzlich weg.«

»Ja.«

»Und, was ist nun? Kommst du wieder?«

»Bin gerade nicht in Hamburg. Ich weiß nicht, ob das so schnell was wird. Aber eher nicht, schätze ich.«

Denkpause auf der anderen Seite. »Wo steckst du denn?«

Soll er es ihr erzählen? »Bin mit Pörl unterwegs.«

»Weit weg?«

»Auf jeden Fall nicht um die Ecke. Wieso?« Eigentlich kann er sich Susi nicht als Verräterin vorstellen. Aber vielleicht geht Winotzki auch nicht so plump vor. Der kennt bestimmt bessere Methoden.

Was, wenn Susi abgehört wird?

Vielleicht versuchen sie, ihn gerade zu orten?

»Nun lass dir nicht alles aus der Nase ziehen«, sagt Susi.

»Hast du nicht selbst gestern gemeint, ich soll mich lieber vorsehen? Wer weiß, ob diese Regierungsleute nicht doch noch mal bei dir auftauchen. Und wenn die dich dann ausquetschen?«

»Ach, komm. Dein Ernst?«

»Mit deiner Warnung hast du mir echt einen Schrecken eingejagt. Könnte sogar klüger sein, nicht so lange zu telefonieren.«

»Von wegen Abhören? Und ich dachte immer, ich bin paranoid.« Er sieht es förmlich vor sich: Bestimmt macht Susi jetzt mit ihrer Pranke den Scheibenwischer vorm Gesicht.

»Lass uns besser auflegen«, sagt er.

»Das musst du wissen. Ich wollte nur Bescheid sagen, wie leid mir das alles tut. Ich will dich zurück.«

»Danke. Ich denke drüber nach.«

»Hey. Und falls wir wirklich abgehört werden, wäre das womöglich gar nicht verkehrt. Eigentlich war's doch blöd von mir, diesen Typen abzuwimmeln, der dir die Karte gegeben hat.«

»Winotzki.«

»Ja, vielleicht hätte dir dieser Winotzki helfen können. Ich hätte besser auf die Tränendrüse drücken sollen. Vielleicht wäre ein Deal drin gewesen?«

»Was für ein Deal denn?«

»Du brauchst Papiere. Er braucht ein paar Informationen. Kannst du ihm nicht etwas liefern? Wenn es nützt, packe ich für die Behörde auch den Mars-Attacks-Flipper als Geschenk oben drauf.«

Ponger befindet sich inzwischen in der Nähe des Iglus, ein gutes Stück entfernt vom Wohnwagen. Er späht zu den Lichtern der bunten Lampions zurück: »Ich könnte ihn immer noch anrufen. Glaubst du ernsthaft, er würde sich auf so einen Deal einlassen?«

»Das mit dem Flipper ist jedenfalls mein Ernst.«

»O.k.«

»Also, sehen wir uns spätestens Montag?«

»Ich guck mal, wir sind mit dem Wohnwagen unterwegs.«

**113** Diesmal ist es Ponger, der nach dem Auflegen zurückruft: »Ich muss eben noch schnell eine Frage loswerden. Du hast doch damals die Anhängerkupplung an Pörls Oldtimer geschweißt. Richtig?«

»Erzähl mir nicht, dass ihr Ärger damit habt. Kann nicht sein.«

»Nein, es geht um den Wagen ganz allgemein. Kennst du dich damit aus?«

»Was ist damit? Möchte Pörl auf einmal doch verkaufen?«

»Ist das ein Original-Buick?«

»Dieses Auto ist ein völliges Unikat. Auf Wunsch der alten Dame ist so manche Veränderung vorgenommen worden. Nicht nur von mir und nicht nur die Sache mit der Anhängerkupplung. Wieso fragst du?«

Ja, wieso?

»Wundert mich einfach, dass Pörl so ein Faible für Autos hat, glaube ich. Sonst gibt es für sie doch eigentlich nichts anderes als Bücher und Kleidung.«

»Sie ist einfach eine Frau von Stil, in jeder Hinsicht.«

**114** Mittlerweile ist es ziemlich dunkel um Ponger. Die Menschen sind nur noch Schatten, die Zelte nicht mehr bunt. Die Strahlen des Leuchtturms schneiden durch den nachtblauen Himmel. Und oben flammen die Sterne zwischen den Wolken auf, einer nach dem anderen.

Mit Kopf im Nacken lässt Ponger die drei Gespräche nachklingen, lässt Susis Worte sacken, genießt einen weltentrückten Moment der Ruhe. Diese schwindelerregende Weite über ihm.

Gerade hat er sich im Anblick der vielen Lichter fast vollständig verloren, als er einen Reißverschluss hört.

Henny hat das Zelt geöffnet.

Sie kniet in der Einstiegluke und rollt ihren Schlafsack aus. Dann huscht sie ins Iglu.

# 115

Ponger schafft es ohne Stolpern durch den Parcours der zahllosen Schnüre wieder zum Wohnwagen. Im Schein der bunten Lampions sitzt Pörl dort auf dem gepolsterten Campingstuhl. Über den Schultern eine Decke, die Wollfransen zittern im leichten Wind.

»Henny wirkt angeschlagen«, sagt Pörl, »ich hoffe, sie hat sich nichts Schlimmes eingefangen. Ich habe ihr geraten, sich ein bisschen auszuruhen.«

»Wird sicherlich das Beste sein.« Er schließt sein Telefon im Wohnwagen zum Laden an, schnappt sich dann draußen einen der Stühle, gesellt sich zu Pörl. Aber kaum hat er sich hingepflanzt, merkt er, dass das gar keine gute Idee war. Es sitzt sich einfach schlecht, wenn das Herz voll ist und der Brustkorb eng.

»Du machst ja ein Gesicht.«

Er wischt sich mit der Hand über Augen und Nase, ganz unwillkürlich, als würde er damit etwas richten können. Und weil er nicht weiß, was er antworten soll, sagt er: »Henny heißt gar nicht Henny, glaube ich.«

Überrascht sich damit selbst.

Wieso kommt ihm das ausgerechnet in dieser Sekunde über die Lippen?

»Muss ich mir Sorgen machen?« Es klingt nicht besonders besorgt, was Pörl sagt. Mehr wie eine Einladung, sich die Sorgen von der Seele zu reden.

Keine leichte Aufgabe. Nicht für Ponger. »Ich will nicht, dass Sie sich Sorgen machen müssen«, sagt er, »aber ich denke ständig nur noch: So kenne ich mich gar nicht.«

»Du musst mir nichts erzählen, wenn du mir nichts erzählen willst. Das weißt du hoffentlich.«

Ponger blickt auf seine Schuhspitzen. »Es hat nie eine Henny gegeben.« Er beichtet seine Lügen. Es sprudelt nun plötzlich aus ihm heraus. »Ich wollte Ihnen gefallen. Ziemlich bescheuert. Weiß ich. Doch es war einfach auch schön, sich ein Leben vorzustellen, das so ist, wie man es sich erträumt.«

»Was du dir ausgedacht hast, war wunderbar«, sagt sie, »und ich mochte das Spiel, aber ich gestehe, es war nicht schwer zu erraten, was vor sich ging.«

»Sie schockiert das alles nicht?«

»Sollte es das denn?«

»Da drüben im Zelt liegt jemand, den ich überhaupt nicht kenne. Ich fühle mich so doof. Ich habe mich von einer Fremden um den Finger wickeln lassen. Ich tue lauter unvernünftige Dinge.«

»Wovor hast du Angst? Vor der Fremden? Vor dir? Oder davor vielleicht, dass du nicht weißt, wie alles weitergeht? Wird das, was ihr gemeinsam erlebt, dich glücklich oder unglücklich machen? Wird es lange dauern oder nach kurzer Zeit vorbei sein? Keiner weiß es.«

»Ich verstehe nicht, wie Sie so entspannt sein können«, sagt Ponger. »Wer auch immer das genau sein mag, der sich in mein Leben geschlichen hat, ist dabei, es völlig durcheinanderzuwirbeln.«

»Ich finde, Henny ist ein guter Name für sie. Und als ich Henny zum ersten Mal gesehen habe, war mir gleich, als hätte sie Farbe mit in den Raum gebracht. Das hat mir gefallen.«

»Ich sehe immer Silber, wenn ich sie sehe.«

»Dann verstehst du, was ich meine. Vor allem aber hat

mir gefallen, was ihr Erscheinen mit dir gemacht hat. Wie du sie angeschaut hast.«

»Der Haken ist, sie führt nur ein Schauspiel auf.«

»Der Kuss?«

»Gespielt.«

»Sicher?«

»So ganz steige ich nicht durch. Das ist das Problem. Ich habe Gefühle für sie.«

»Was würdest du sagen, wenn ich behaupte: Gut so!«

»Gut so?«

»Ja, gut so, mein Großer. Glaub mir, das Leben gerät in Aufruhr und wird natürlich härter, wenn man etwas zu verlieren hat. Es wird aber auch um einiges interessanter. Und vor allem schöner.«

# 116

Die laue Nachtluft. Ob sie nur Menschen vom Festland auffällt, weil sie so etwas Besonderes ist, gerade im Alltag von Städtern wie Ponger?

Ein kleiner Glücksschauer erfasst ihn. Kann auch daran liegen, dass Pörl ihre Hand auf seiner abgelegt hat. Er würde ihr gerne sagen, woran er in dieser Sekunde denkt. Welch ein Glück es für ihn bedeutet, dass sie für ihn da ist, noch immer und immer wieder. Er sagt: »Mir fällt schwer, auch nur halbwegs verständlich zu formulieren, was ich fühle. Aber Sie kennen das sicher alles.«

Pörl lächelt: »Beim Verliebtsein verrutscht uns die Wirklichkeit, aber in der Liebe finden wir schließlich den ersehnten Halt.«

»Das fällt Ihnen dazu einfach so ein?«

»Von wegen. Darüber habe ich ewig gegrübelt. Ich wollte das immer schon mal zum Besten geben.«

Noch immer liegt Pörls Hand auf seiner, warm und beruhigend. Er schaut Pörl an: »Ich muss noch eine Sache loswerden.«

»Henny steckt in Schwierigkeiten, stimmt's?«

Ponger ist, als würde Pörl ihm tief ins Herz blicken. Er nickt. »Wegen romantischer Orte sind wir jedenfalls nicht unterwegs. In Wahrheit machen wir diese Reise, weil Henny von dieser Insel weiter nach Hause will. Jedenfalls erzählt sie das. Angeblich soll ich ein Transportmittel für sie reparieren. So bin ich überhaupt ins Spiel gekommen.«

»Verstehe.«

Keine Anzeichen von Irritation, Pörl wirkt nicht ein bisschen perplex. Ponger sagt: »Ich habe mich da in sehr seltsame Dinge hineinziehen lassen von ihr. Und tappe ziemlich im Dunkeln, aber sicher hat sie nicht vor zu bleiben. Wenn wir zurückfahren, fahren wir bestimmt ohne sie.«

»Noch ist Zeit, dass sie es sich anders überlegt.«

»Hat nicht den Anschein. Wüsste nicht, wieso.«

Pörl tätschelt seine Hand ein letztes Mal, bevor sie ihre zurückzieht: »Ich habe mich gestern Nachmittag lange mit Henny unterhalten, wie du weißt, ich habe euch beide heute beobachten dürfen. Mir schien, da haben sich zwei gefunden, die sollten sich finden. Nenn es Lebenserfahrung. Ihr könnt sicher viel voneinander lernen. Das spüre ich.«

»Und wenn Henny es sich nicht anders überlegt ...«

»Tja, was soll ich da raten? Ich kenne ihr Zuhause und ihre Leute nicht. Doch wenn sie zu denen will, wenn das ihr Wunsch ist, dann wirst du sie wohl kaum aufhalten können.«

»Zuerst wollte ich nur meine Ruhe vor ihr. Und jetzt fürchte ich, dass es viel zu schnell wieder vorbei ist, wenn ich ihr helfe.«

»Wenn es hart auf hart kommt, was willst du tun? Ihr seid jung, aber für sie ist das hier die Fremde. Du weißt, was das heißt.«

»Abschied nehmen, wahrscheinlich.« Ponger zuckt mit den Achseln. »Oder mitgehen? Wobei das auch echt durchgeknallt klingt, wenn man keinen Schimmer hat, wohin – aber ich habe darüber nachgedacht.«

»Möchte das Henny denn, dass du mit ihr gehst?«

»Weiß nicht. Vielleicht kommt der Vorschlag noch. Und vielleicht passe ich ja zu ihren Leuten ...«

»Ach, Großer.« Pörl macht nun eine Geste, als wolle sie ein Insekt vor dem Gesicht vertreiben. Und dann zieht sie sich die Wolldecke von den Schultern, faltet sie ordentlich im Schoß zusammen. »Es kommt, wie es kommt.«

»Mehr sagen Sie nicht dazu?«

»Besser nicht. Ich habe langsam schwere Lider. Und am Ende hört es sich noch eifersüchtig an, was ich sage. Und wir bekommen Streit.«

**117**  Pörl hat sich erhoben und räumt in den Wohnwagen, was über Nacht nicht draußen bleiben soll. Ponger geht ihr zur Hand. Stumm. In Gedanken.

Pörl knipst schließlich die Lampions aus und verabschiedet sich zur Nacht von ihm. Umarmt und drückt Ponger, irgendwie so, als wäre es für immer.

Und dann sagt sie noch: »Weißt du, Großer, warum ich mich einigermaßen gut gehalten habe? Da war dieses Grundvertrauen. Ich denke ja, es passiert mehr Gutes in dieser Welt als Schlechtes. Nur darüber redet keiner.«

Ihre Worte scheinen eine versteckte Botschaft für ihn zu haben. »Was wollen Sie mir damit sagen?«

Sie lächelt ihn an, dass ihre Wangen ganz rund dabei werden: »Was denkst du denn, was ich dir damit sagen wollen könnte?«

»Ich finde das Gute nicht immer leicht zu erkennen«, sagt er.

Sie spitzt kurz die Lippen. »Gib der Welt eine Chance. Und werde der, der du bist. Das ist unterm Strich wohl das, was ich mitzuteilen habe.«

Ein Nicken von ihm, auch wenn er das Gefühl hat, jetzt erst recht nicht mehr mitzukommen. »Schlafen Sie gut«, sagt er.

Sie küsst ihm die Stirn: »Wenn du kannst, hilf Henny.«

**118** Nach dem Abstecher zum Zähneputzen schaut Ponger vor dem Zelt noch einmal einen Moment nach oben.

Was versprechen die Sterne?

Eine stille, ruhige Nacht, könnte man meinen. Und Ponger hofft sehr, dass man ihnen trauen kann.

# 119

Vor dem Eingang löscht er die Taschenlampe, schlüpft ins Zelt, streift im Liegen die Hose ab, schlängelt sich in seinen ausgekühlten Schlafsack. Er liegt auf dem Rücken und lauscht. Neben dem Wind und dem fernen Rauschen des Meeres ist noch ein weiteres Geräusch zu hören. Hennys Atem.

Er hört, dass sie nicht schläft.

Dann raschelt es auch neben ihm. Henny flüstert: »Vorhin hat eine ganz und gar wunderbare ältere Frau mir die Stirn geküsst.«

»Mir auch gerade«, sagt Ponger.

»Weißt du, was das bedeutet?«

»Ich nehme an, das bedeutet, sie wünscht uns eine gute Nacht.«

»Diese Pörl! Ich glaube, sie mag mich wirklich.«

»Pörl ist furchtbar klug.«

»Willst du, dass ich dir auch die Stirn küsse?«

»Du bist keine alte Frau.«

Pause.

Er hält noch die Taschenlampe in der Hand, lässt sie einmal kurz aufflammen. Henny streckt ihm die Zunge raus, bevor das Licht gleich wieder erlischt. »Ich weiß, was du willst«, sagt sie dann.

»Schon kapiert«, sagt er, »mit meiner Anziehungskraft ist es nicht weit her. Aber keine Angst, meine Körperteile bleiben bei mir.«

»Dass ich dich körperlich nicht anziehend finde, das habe ich zu keiner Zeit behauptet. Und nur fürs Protokoll: Ich spare mich nicht für jemanden auf oder so Nonsens. Ich kann trotzdem heute keinen Sex mit dir haben.«

»O.k. Nach diesem Gespräch dürfte das wohl sowieso nicht mehr zur Debatte stehen. Und nur fürs Protokoll: Ich habe bis eben nicht mal darüber nachgedacht.«

»Gar nicht?«

»Na ja. Nicht konkret.«

Leises Giggeln von Henny: »Gerade noch mal die Kurve gekriegt, lieber Ponger, gerade so eben noch.«

»Was ich wirklich will, ist trotzdem etwas anderes.«

»Behalt's besser für dich. Schlaf jetzt lieber. Die Nacht wird kurz. Ich habe mir extra einen Wecker von Pörl geliehen. Sie denkt, wir wollen unter den Leuchtturm und uns zusammen in den Dünen den Sonnenaufgang anschauen.«

Ponger dreht den Kopf zu Henny. Glaubt, ihr Augenweiß zu erkennen, glaubt, dass auch sie ihn ansieht. Er sagt: »Ich will mehr Zeit mit dir.« Findet sofort, es hört sich komisch an. Als wären das Wörter, die er noch nie zuvor ausgesprochen hat.

»Es ist unsere letzte Nacht«, sagt sie. Sie nimmt ihm die Taschenlampe ab und leuchtet in sein Gesicht. Was ihn mehr schockt, bekommt er auf die Schnelle nicht auseinandersortiert: die Helligkeit oder ihre Worte?

»Mach das Licht aus, bitte«, sagt er.

Sie gehorcht: »Ich meine es ernst. Mein Plan steht. Ich schätze, ich bin morgen früh weg, wenn alles glatt läuft. Geht nicht anders.«

# 120

Ein Zelt ist hellhörig. Jeder Möwenruf, jedes Zischeln, jedes Lispeln des Windes draußen, jedes Schmatzen, das die Nachbarn im Schlaf von sich geben, beinah jedes laute Schlucken findet den Weg an Pongers Ohr.

Er liegt da.

Das Meer murmelt weit weg Unverständliches. Wenn es nicht die gestrandeten und miteinander tuschelnden Muscheln sind.

Ponger spürt, wie sich ein warmer Tropfen aus seinem Augenwinkel löst.

Und er wünscht sich, dass das, was ihm da jetzt die Wange hinabrinnt, einfach völlig geräuschlos im Stoff des Schlafsackfutters versickert.

Er wünscht es sich sehr.

**121** Ponger schreckt hoch. Aber nicht, weil ein Wecker geht. Er meint, den Boden unter sich beben zu spüren. Und von oben nähert sich pulsierender Lärm und verwirbelnde Luft. Er hört einen Hubschrauber kommen. Tief fliegt er über die Insel, rauscht nah am Campingplatz vorbei.

In einer Welle aus Wind flattert und zappelt der Zeltstoff kurz, als wolle er sich von dem Gestänge losreißen. In der Unruhe wallt Schlafsackgeruch ziellos herum. Und Ponger setzt sich auf. Um ihn ist es dunkel wie in einem geschlossenen Puzzlekarton. Er braucht zwei, drei Momente, bis die Augen mehr als nur flächige Konturen wahrnehmen.

Er tastet nach der Taschenlampe. Erfolglos und zunehmend wacher. Er streckt den Arm zur Seite aus.

# 122 Wo ist Henny?

**123** Ponger hopst vor dem Zelt auf einem Bein, um in seine Hose zu kommen. Flucht still vor sich hin, bis die Übung endlich vollbracht ist. Schlüpft in die Jacke, die er schnell noch greift. Läuft los. Barfuß wetzt er über den Platz, kommt atemlos bei den Waschhäusern an, davor: die Fahrradständer.

Kein Tandem.

Er weiß nicht, wie viel Vorsprung sie hat. Er weiß nicht, wie er sie einholen soll. Er kennt nicht mal die Uhrzeit. Sein Telefon lädt in Pörls Wohnwagen. Er weiß nicht weiter.

Was macht dieses Wespennest in seinem Kopf?

Er schlägt sich mit der Faust gegen die Stirn: »Komm schon, Ponger, so darf das doch nicht enden, so nicht.«

Im Waschraum geht die Spülung eines Pissoirs.

Und noch eine.

Es ertönen zwei Rülpser. Aus tiefster Brust. Und schlurfend nähern sich zwei Paar Flipflops, bis im gleißend hellen Rechteck des Türausschnitts die beiden Silhouetten von Hühnerkamm und Speckkäppi auftauchen.

Ponger greift in die Tasche.

Hat er den Autoschlüssel noch?

Er hat ihn. Er klimpert damit in der Luft herum: »Ich suche einen Fahrer für eine Spritztour. Zufällig jemand Lust auf eine Nachtfahrt im Oldtimer?«

# 124

Ponger hat während der Fahrt von der Rückbank aus ständig den Tacho im Blick, sitzt wie auf Kohlen: »Geht das nicht schneller?«

»Pfffff. So einen Schlitten wie diesen darf man niemals knüppeln wie eine x-beliebige Schese«, sagt Speckkäppi hinterm Lenkrad.

»Außerdem: Das ist eine 50er-Zone hier, sicherlich nicht ohne Grund«, ergänzt Hühnerkamm vom Beifahrersitz.

Ponger deutet mit beiden Händen nach draußen, flehentlich: »Es ist kein einziges Fahrzeug auf der Straße, nirgends. Und wir fahren nicht mal fünfunddreißig.«

Das lässt Speckkäppi nicht gelten: »In der Nacht heißt es in ländlichen Gegenden: Fuß vom Gas, Vorsicht Wildwechsel, abblenden. Schließlich ist bekannt: Die Tiere lockt das Scheinwerferlicht an.«

Hühnerkamm nickt: »Korrekt, außerdem habe ich gehört, es soll Rehe auf der Insel geben.«

»Nur eine Handvoll in einem Gehege.« Ponger stöhnt.

»Also gibt es welche!« Besserwisserisch streckt Hühnerkamm seinen Zeigefinger in die Höhe.

Ponger kurbelt das Fenster runter, um die Konzentration von Bierdunst im Wagen mit frischem Sauerstoff ein wenig zu senken. »Und ich dachte immer, Alkoholgenuss macht waghalsiger«, sagt er.

**125** Im Schritttempo geht es das letzte Stück bis zur Vogelkoje durch den Wald, ein Holpern immer den zwei hellen Strahlen der Scheinwerfer hinterher. Außerhalb der Lichtkegel sehen die Baumreihen links und rechts einfach wie gewellte Wände aus, schwarze, schroffe Wände eines entlegenen Tunnels.

»Da vorne kommt dann gleich eine Lichtung«, sagt Ponger, »da lasst ihr mich raus und dreht um.«

»Und wie kommst du zurück?«

»Mit dem Rad, nehme ich an. Oder zu Fuß.«

»Wir können auch warten, kein Problem. Hast ja nicht mal Schuhe an. Dafür ist die Strecke echt knackig.«

Als Ponger aussteigt, greift er nach dem Buch, das auf der Rückbank gelegen hat, steckt es in die Jackentasche. Ein Reflex. Automatismus.

Und dann fällt ihm noch eine Sache ein: »Der Buick gehört der Frau in dem Wohnwagen direkt gegenüber von eurem Stellplatz. Falls ich am Morgen noch nicht zurück sein sollte, könntet ihr bitte etwas ausrichten?«

»Solange jetzt kein ganzer Roman kommt. Schieß los, Chef.«

Ponger hat sich nur schnell überlegt, dass er Pörl für den Fall der Fälle gerne eine Botschaft übermitteln würde – aber welche? »Tja ...«

Ein Hänger.

Hühnerkamm macht einen Vorschlag: »Wie wär's mit: Alles ist gut, warte mit dem Frühstück nicht auf mich?«

»Nein.« Ponger schüttelt den Kopf. »Sagt ihr einfach: Es passiert mehr Gutes als Schlechtes auf der Welt. Sie versteht es dann schon.«

Anerkennendes Nicken im Auto: »Krasses Credo, Alter.«

Beim Wenden des Oldtimers leuchten die Scheinwerfer einmal den leeren Spielplatz ab. Das Tandem lehnt tatsächlich wieder an der Rutsche.

Ponger spürt den Teppich aus Tannennadeln unter den nackten Füßen.

Er rennt los.

Rennt.

QUERMARKENFEUER & KNIEP, AMRUM

**126** Mond und Sterne hellen die Landschaft zumindest so auf, dass Ponger dem Bohlenweg ohne Schwierigkeiten folgen kann. Die Nacht dämpft trotzdem alle Farben in Grautöne ab. Bis auf den Regenmantel.

Staunt Henny?

Kurz vorm Quermarkenfeuer holt Ponger sie ein, außer Atem.

»Es gibt Schwierigkeiten«, sagt sie. Von silbrigem Licht umwoben, deutet sie in Richtung Übergang. »Ein Hubschrauber ist gekommen.«

»Den habe ich gehört. Zum Glück hat er mich geweckt.«

»Du solltest nicht hier sein.«

»Ich will, dass du bleibst. Oder ich will mit dir mit.«

»Das willst du beides nicht, glaub mir«, sagt sie.

»Keine Chance, ich lasse mich nicht von dir wegschicken«, sagt er.

Henny schüttelt den Kopf, Henny nickt. »Ich hätte ja nie gedacht, dass ich das mal sagen würde, aber vielleicht ist es gut, nicht allein zu sein.«

**127** Die Dünen wirken gewaltiger in der Nacht. Henny und Ponger verlassen den Bohlenweg. Aber kaum sind sie vom knarzenden Holz runter, um sich im freien Gelände durchzuschlagen, verdecken Wolken den Mond. Auf einen Schlag ist es um sie herum so dunkel, als hätte jemand die letzte Kerze ausgepustet.

Sie warten.

Die Augen müssen sich ordentlich ins Zeug legen beim Nachjustieren. Aber dann geht's. Sie nehmen einen steilen Anstieg hinauf zu einer Ebene unter den Höckern und Kuppen der Dünenrücken, folgen einem verwilderten Pfad durch die sandige Hügelwelt.

Raues Gras streift die Beine.

Geduckt geht Henny voran, leichtfüßig. Ponger macht sich ebenfalls klein, sie rutschen eine flache Böschung hinab in eine Senke, kraxeln auf der anderen Seite einen Hang wieder empor, erklimmen einen letzten Wall bis zu einer zerklüfteten Gipfelkrone.

Sie können nun den nächtlichen Strand überblicken.

In der düsteren Weite des Kniepsticht das Sperrgebiet hervor wie ein funkelnder Kristall. Das Zeltdach hebt sich in strahlendem Weiß von der fahlen Umgebung ab. Von den Eckmasten flutet, heller als der Tag, gleißendes Licht hinunter in die Mitte der Umzäunung.

Etwas abseits des Zauns: der Hubschrauber.

Überall Bewegung. Gestalten in schneefarbener Schutzkleidung wieseln umher. Schutzkleidung mit Gummizügen an Kapuze, Ärmeln und Beinen. Vor den Gesichtern schirmen Plexiglasvisiere die Augen ab. Die Füße dieser Schneemännchen stecken in schweren schwarzen Gummistiefeln.

Henny flüstert: »Glaubst du mir jetzt?«

Wind bläst ihnen vom Meer her ins Gesicht.

Ponger registriert es in dieser Sekunde wieder: die andere Luft auf der Insel. Fester als in der Stadt. Wie ein kräftiger Handschlag. Oder wie eine Ohrfeige. »Was machen die hier?«

»Die machen alles kaputt.«

Er sieht sofort ein, dass sie keine typischen Naturschützer-Aktivitäten beobachten. »Wer sind die denn? Wozu diese Tarnung als Inselretter?«

Ponger meint, ein Dauerknacken zu hören, wie das Ticken eines übermütigen Sekundenzeigers.

Ein Geigerzähler?

»Die arbeiten nachts, um kein Aufsehen zu erregen, die bergen meine Flugkapsel«, sagt Henny. Ihre Stimme wird leise.

Und dann weiten sich Pongers große Augen noch ein Stück mehr: Jemand tritt mit eingezogenem Kopf aus dem Zelteingang nach draußen.

**128** Wie hat Ponger vorhin nur den Sternen und ihren hübschen Versprechungen trauen können? Dem friedlichen Glitzern und Gefunkel. Von wegen stille, von wegen ruhige Nacht.

Ponger starrt zum Zelt. Der Wind schüttelt die Planen. Wirft immer wieder auch losen Sand dagegen. Vor allem aber sieht Ponger vor dem Eingang jetzt einen alten Bekannten, einen Lulatsch mit bohnenroten Schuhen.

»Winotzki«, stößt Ponger hervor.

**129** Winotzki trägt keine Schutzkleidung. Im Regenparka über dem Anzug steht er da, reißt einen Proteinriegel auf. Betrachtet, während er kaut, eine Möwe, die auf dem Zaun gelandet ist und ihrerseits Winotzki nicht aus den Augen lässt. Er bricht schließlich ein Stück seines Snacks für sie ab und wirft es ihr zu, locker aus dem Handgelenk. Ziemlich guter Wurf.

Der Schnabel schnappt sich den Happs.

Winotzki weicht danach mit einem Lächeln auf den Lippen zur Seite aus, um Platz für eins der Schneemännchen zu machen, das nun mit dem Haken einer mobilen Seilwinde im Zelt verschwindet. Zwei andere Schneemännchen schleppen eine Holzkiste, eine Art überbreiten Sarg, herbei.

Winotzki hat ausgekaut, verschränkt die Arme vor der Brust, schaut zu, wie das Seil der Winde sich spannt.

Im Inneren des Zeltes knirscht Sand, als würde ein Bootsrumpf über den Boden schleifen. Dann taucht die abgerundete Spitze von dem auf, was Henny ihre Flugkapsel genannt hat. Ein flaches Etwas. Es erinnert Ponger an eine überdimensionierte Schale einer Miesmuschel, die obere Hälfte steht offen. Sie wirkt gläsern auf den ersten Blick. Dann bemerkt Ponger auf der Oberfläche ein paar schwach flimmernde Lichtpunkte. Wo kommen die her?

Die Möwe vom Zaun ergreift die Flucht.

Die Schneemännchen lösen vorsichtig die Gurte, die an der Muschel befestigt sind. Äußerst umsichtig gehen sie vor. Sie betten das Gerät, als würde es sich um ein verletztes Lebewesen handeln, in die Holzkiste um.

»Sag mir, dass das nicht wahr ist«, sagt Henny.

»Sag du mir das«, sagt Ponger.

**130** Ihr Gesicht wird ganz hart, ihr Blick starr, als sie so miteinander flüstern, Hennys Körper scheint sich zusammenzukrümmen, als wolle sie einen Panzer bilden.

Jenseits des Zauns wird ein Holzdeckel auf die Kiste gesetzt.

Ein Nagel blitzt im Licht auf.

Ein Hammer schlägt zu.

Hämmert auf den Metallkopf nieder. Und hämmert und hämmert, bevor dann, bis auf den Wind, Stille zurückkehrt.

Henny rückt ein Stück von Ponger ab.

Er befürchtet die ganze Zeit schon, dass Henny vorhat, aus dem Versteck zu stürzen. Er sagt: »Wenn wir jetzt eingreifen, dann haben sie dich. Die nehmen dich mit.« Er überlegt, dass er sie schnell am Arm erwischen muss, falls sie nicht auf ihn hört, dass er sich, wenn es ernst wird, auf sie werfen und ihr den Mund zuhalten muss.

Sie robbt noch ein kleines Stück zurück.

Es sieht so aus, als wolle sie sich aufrichten und als fehle es ihr an Kraft dafür. Ohne jeden Elan, fast wie eine Betrunkene, versucht sie, im Sand auf die Beine zu kommen.

Ponger kriecht ihr entgegen.

Sie streckt einen Arm aus, um ihn am Näherkommen zu hindern. Ihre Wangen wirken eingefallen, auch blasser als sonst. Sie schnappt merkwürdig nach Luft. »Mir bleibt nicht mehr lang, höchstens noch ein, zwei Tage.«

**131** Aller Glanz weicht aus ihren Augen, das Weiß darin verdreht sich nach oben. Henny schwankt. Und dann sackt sie einfach in sich zusammen.

**132** Mit einem katzengleichen Satz ist er bei ihr. Gut, dass es hier so viel weichen Sand gibt, schießt es Ponger in den Sinn. Er greift unter ihre Achseln, zieht Henny vorsichtig zurück hinter die Düne.

Ponger bettet ihren Kopf auf seinem Schoß, beugt sich über sie. Er hört sie atmen, sehr regelmäßige Atemzüge.

Womöglich alles nur ein Schock, eine kurze Ohnmacht, ganz harmlos alles. Vielleicht. Zumindest gibt es keine Anzeichen auf akute Lebensgefahr, soweit Ponger das beurteilen kann.

Trotzdem zittern seine Hände.

Ihm ist fast übel.

Er schlägt ihr sanft gegen die Wangen. »Henny. Henny, hörst du? Wofür nur noch ein oder zwei Tage? Komm, sag was!«

Ihre Lider klappen auf. Und gleich wieder zu: »Ich muss kurz ...«, sagt sie, »ich muss nur Kräfte sammeln.«

Eine, die immer weiß, was sie will. Eine, die kein Sturm je umpusten könnte, hat er gedacht. Und jetzt das: kippt einfach um.

Soll er rufen, mit den Armen winken, bevor Schlimmeres passiert, auf sich aufmerksam machen, damit sie Hilfe bekommen? Oder lieber nicht?

Gibt es denn keinen Aus-Knopf für diesen Film?

**133** Das Mondlicht kehrt zurück, kriecht hinter den Wolken hervor wie ein Krebs unter einem Stein. Die vernagelte Kiste tragen vier Mann zum Hubschrauber. Die Last scheint nicht übermäßig schwer. Leichthändig hieven sie die Fracht in den Bauch des Fluggeräts.

Winotzki hebt einen Daumen in Richtung Pilot. Der Pilot reagiert aus dem Cockpit mit derselben Geste.

Dann dreht Winotzki sich auf einmal Richtung Dünen. Ponger folgt dem Blick des Mannes, einem ziemlich verdutzten Blick.

Vom Übergang zum Quermarkenfeuer nähert sich jemand, eine Gestalt von zierlicher Statur. Gemustertes Kleid. Die Blumenkohlform der Haare, ihr silbriges Weiß.

Pörl!

**134** Ponger schluckt gegen das Saure in der Speiseröhre an. Sein Oberkörper wippt hin und her – und er kann nichts dagegen tun. In was für einen Strudel von Seltsamkeiten ist er nur geraten?

Pörl und Winotzki am nächtlichen Strand.

Henny noch immer nicht wieder voll bei Bewusstsein.

Ponger kniet mit Hennys Kopf auf den Beinen hinter den zerzausten Büscheln der Düne im Sand. »Pörl ist da unten«, flüstert er Henny ins Ohr.

Sie flicht ihre Finger in seine.

Und wer flüstert ihm nun ein, was er zu tun hat?

Ponger späht wieder hinunter zum Kniep: Pörl wirkt nicht so, als wäre sie gekommen, um nach Henny und Ponger zu suchen. Sie spricht ein paar Takte mit Winotzki. Eine Art Verhandlung scheint stattzufinden. Mit sparsamen Gesten. Einmal deutet Winotzki auf die Holzkiste im Hubschrauber, einmal Pörl zum Himmel. Dann eine Pause, in der Winotzki sich kurz abwendet.

Er geht ein paar Schritte, reibt sich das Kinn.

Die Arme hat Pörl jetzt fest um sich geschlungen. Auch Winotzki sieht aus, als fröre er leicht. Er stakst in der Nähe des Hubschraubers zwischen den Dünengräsern umher, schiebt die Daumen unter den Gürtel und dreht das Gesicht in den Wind. Blick zum Meer. Blick nach oben zu den Sternen. Muss er eine Entscheidung treffen?

Schließlich nickt er. Und dieses Nicken gilt Pörl: Einverstanden, soll es heißen.

**135** Winotzki, ganz Gentleman, hilft Pörl in den Helikopter. Hebt hinterher Richtung Schneemännchen die Hand. Ein Gruß zum Abschied. Steigt dann selbst hoch auf einen der Sitze.

Die Luke schließt sich.

**136** Die Turbinen drehen hoch, die Rotoren nehmen Fahrt auf, zerquirlen fauchend die Luft in einem weiten Umkreis. Dünengras bebt im Windstrom.

Ponger dreht den Kopf weg, windet sich aus der Jacke, um sie schützend über Hennys Gesicht zu legen. Das Buch fällt dabei fast aus der Tasche. Er vergräbt die Nase in der eigenen Armbeuge.

Trotz der Entfernung schmirgelt der Sand auf der Haut im Nacken, an den Wangen. Als er wieder hinsieht, schraubt sich der Helikopter in die Luft. Meter für Meter. Schwebt dann Richtung Meer davon.

In Ponger drin wird alles weich.

Ihn fröstelt.

Er schmeckt Sand im Mund.

Ponger ist, als wäre in ihm alles in Auflösung begriffen, als würde er in der nächsten Sekunde in tausend Teile zerfallen. Und dann legt er sich einfach einen Moment zu Henny, ganz nah an sie dran, Körper an Körper.

XIII

QUERMARKENFEUER & VOGELKOJE, AMRUM

**137** Der Boden kühlt die Liegenden schnell aus. Der Wind sucht Unterschlupf in der Kleidung. Und je später es wird, desto frischer die Nachtluft.

Ponger trägt Henny deshalb durch die Dünen und bettet sie auf die Bank beim Quermarkenfeuer. Dass die Wolken fast ganz verschwunden sind und die Sterne über der schwarzen See glänzen wie frische Silbermünzen, erscheint ihm geradezu wie Hohn.

Immerhin kommt Henny langsam wieder zu sich.

Sie hat die Augen geöffnet, schaut im Liegen hoch, als würde sie damit rechnen, dass alle Sterne im nächsten Moment vom Himmel fallen könnten.

Es fällt nicht einer.

»Du hast einen kleinen Kollaps gehabt«, sagt er.

**138** Hennys Stimme wirkt bei den ersten Worten noch schläfrig, doch gleichzeitig klingt aus ihr eine Klarheit, die Ponger verblüfft. »In meinem Kopf hat es auf einmal wie verrückt gebrodelt«, sagt sie, »es kostet mich so viel Energie, bei Sinnen zu bleiben.«

Ponger erzählt Henny mit knappen Worten, was passiert ist, gibt einen kurzen Lagebericht: »Sie sind weg. Alle«, sagt er am Ende.

Tatsächlich sind auch die Schneemännchen kurz nach dem Start des Hubschraubers aufgebrochen. Haben das Flutlicht gelöscht, das Zaungehege mit einem Vorhängeschloss gesichert und sind auf Quads über den Kniep nach Norden davon. »Wie lange ist das her?«, will Henny wissen.

Ponger weiß es nicht. »Eine halbe Stunde vielleicht.«

»Es ist aus, mein lieber Ponger«, sagt sie. Henny ist sich sicher, dass ihre Flugmuschel, unerreichbar weit weg für sie, aufs Festland gebracht geworden ist. Wo man sie bald untersuchen und in Einzelteile zerlegen wird. »Und wir? Wir sind auf dieser bescheuerten Insel.«

Henny und Ponger schauen auf das ferne, dunkle Meer. Die Tonspur dazu: Brandungsrauschen und Windsingsang. Die Gräser in ihrer Nähe rascheln wie Seidenpapier. Und dann spricht Henny weiter.

# 139

Henny erzählt ihm ihre Geschichte. Von der Notlandung in den Dünen, davon, wie sie Ponger gefunden hat, von Winotzki und davon, was den auf ihre Spur gebracht hat. Alles.

»Du brauchst etwas zu trinken und eine kleine Stärkung«, sagt Ponger hinterher. »Meinst du, du kommst auf die Beine?«

Sie nickt, macht tapfer ein paar wacklige Schritte. Krallt und klammert sich an ihn. »Morgen melde ich mich bei den Cheerleadern an«, haucht sie. Dann geben die Knie wieder nach.

Henny hat den Teint einer Wasserleiche. Würde sie nicht blinzeln, man wüsste kaum, ob sie noch lebt.

Ponger nimmt sie schließlich huckepack.

Und bevor es wieder ins Innere der Insel geht, wirft Ponger einen letzten Blick zurück auf das Meer und das Spektakel der Nacht.

Sieht Henny das auch – dort über den Wellenkämmen?

Ein kurzer Lichtstrahl, fein wie ein Faden, fällt vom Himmel schräg auf die Horizontlinie zu. Und erlischt gleich wieder.

# 140

Ponger trägt sie über den Bohlenweg. Sie hat den Kopf auf seine Schulter gebettet. Seine Arme brennen. Aber er beißt die Zähne zusammen, hält durch.

Er bringt sie bis zur Vogelkoje.

**141** Der Buick! Der Wagen wartet auf der Lichtung, als wäre er nie vom Fleck bewegt worden. Den hellen Lack in der Farbe von Perlmutt lässt das Licht des Mondes und der Sterne glimmen und leicht funkeln.

»Shine on you crazy diamond«, spielt leise das Autoradio, verweht vom Wind, begleitet vom Rauschen der Baumwipfel.

**142** Ponger weckt Hühnerkamm und Speckkäppi, die Kopf an Kopf auf den beiden Vordersitzen pen-
nen.

»Ey, bevor du fragst, wir sind ordnungsgemäß zum
Campingplatz zurückgefahren«, sagt der eine.

»Sind wir«, sagt der andere, »aber diese Lady hat uns
gleich in Empfang genommen. Keine Ahnung, warum die
auf den Beinen war. Wobei: Senioren neigen ja zur Bett-
flucht, habe ich mal gehört.«

Im Duett erzählen sie ihre Geschichte, während Ponger
der halb wachen Henny umsichtig auf die Rückbank hilft:
Pörl hat die zwei von der Grillgang gründlich ausgefragt und
schließlich darum gebeten, ebenfalls zur Vogelkoje chauffiert zu werden. Hier wiederum hat sie ihnen eingeschärft,
darauf zu warten, dass Henny und Ponger erscheinen. Sie
hat ihnen das Versprechen abgenommen, wenigstens bis
Sonnenaufgang Geduld zu haben.

»Ausrichten sollen wir übrigens auch etwas.«

»Nämlich was?« Ponger brennen noch die Wangen vor
Anstrengung. Er blickt von einem zum anderen. Was span-
nen sie ihn so auf die Folter?

»Tja … öhm, es war sehr kryptisch.« Speckkäppi nestelt
an seiner Kopfbedeckung herum.

Hühnerkamm, dessen Kamm mittlerweile doch ziemlich mitgenommen aussieht, nickt und sagt: »Sinngemäß
meinte die Lady jedenfalls: Für die Schale nimm Susis
Traum auseinander, für alle anderen Träume aber bleibe
im Kern ganz du selbst. Oder so. Aber nagle uns nicht auf
die genaue Formulierung fest.«

# HENNY
## DIE GESCHICHTE IHRER REISE

Die Flugkapsel rast um die Erde. Darin Henny, die noch nicht Henny ist. Das zentrale Nervensystem in einem Zwischenstadium, in einer Art Traumzustand. Die Sehorgane betrachten flackernde Gewitter, Nordlichter, die aufgehende Sonne und Wolkenfelder, die aussehen wie Ansammlungen erstarrter Wellen. Darunter am Boden: Kontinente voll mit hingestreuten Lichtpunkten, hier und da verdichtet zu unförmigen Flecken. Ballungszentren, die es besser zu meiden gilt. Die Flugkapsel wird deshalb, so gut es ihr Defekt zulässt, nach Verlassen der Umlaufbahn auf die Nachtseite der Erde navigiert. Die beste Option in erreichbarer Distanz: ein Küstenstreifen mit vorgelagerten, überwiegend sandigen Landmassen. Wie Tupfen scheinen die kleinen Inseln auf tiefdunklem Grund zu schweben.

Das von der Hülle des Fluggeräts gedämpfte Dröhnen auf den letzten Kilometern. Heftiges Vibrieren während des Abbremsmanövers. Schließlich der Aufprall, verwirbelnder Sand.

— dann Stille.

Standort: ein zivilisatorisches Randgebiet im östlichen Teil der Nordsee. Direkte Umgebung: menschenleer bei Ankunft in den frühen Morgenstunden. Leichter Schwindel nach Öffnen der Kapsel in der ungewohnten Atmosphäre. Das halborganische Material des Hitzeschilds verströmt einen beißenden Brandgeruch, sollte sich allerdings von selbst regenerieren können. Anders die Steuereinheit: Externe Hilfe wird nötig sein, also die Kooperation mit Erdlingen. Eine Situation, für die im Index ein klarer Leitfaden fehlt. Heißt, Improvisation unter immensem Zeitdruck. Wobei die natürliche Anlage zu mimikryptischer Mutation

hilft: Auf diese Weise lässt sich das eigene Erscheinungs-
bild spontan und weitgehend schadlos ändern, zumindest
vorübergehend. Als Mimikryp mit menschlicher Gestalt
kann man sich ohne größere soziale und kulturelle An-
passungsschwierigkeiten oder behindernde Sprachhürden
durch die fremde Welt bewegen. Man tickt, handelt und
kommuniziert wie ein normaler Mensch, mehr oder weniger. Risiko: hohe Stressbelastung für den Organismus.
Und auf Dauer Rückwandlungshemmung und Verlust der
ursprünglichen Identität. Kritisch wird es spätestens nach
einhundertzwanzig Stunden, hat Henny errechnet.

Aber eine echte Alternative gibt es nicht, Henny wird
also zu Henny: Sie verwandelt sich in ein junges weibliches
Exemplar vom Typ Homo sapiens, ausgestattet mit hoher
Sprachkompetenz. Eine Wahl, auf die sie keinen Einfluss
hat. Ihr Organismus projiziert quasi die vorhandenen Erb-
informationen und Identitätsmerkmale, persönlichen Vorlieben und Talente möglichst authentisch auf die der hu-
manoiden Lebensform. Ein transformativer Prozess, der
Hennys Auftreten für Menschen maximal natürlich wirken
lässt. Dennoch bleiben Defizite. Faktoren für die latente
Störanfälligkeit: mangelnde Praxis in der ungewohnten
Rolle und innere Konflikte durch die Vorprägung als extraterrestrische Spezies höherer Intelligenz – mimikrypti-
sches Fremdeln.

Als Henny ihre Kapsel im Sand der Insel verscharrt und
Spuren verwischt, staunt sie bereits, wie sensibel sie auf
die Außenwelt anspringt. Wie und wie viel sie wahrnimmt,
wie intensiv sie riecht, schmeckt, hört, wie empfindsam
die Haut des nackten Körpers auf jeden Windhauch, jeden

noch so kleinen Kontakt reagiert. Reinste Sinnesfluten. Geradezu euphorisiert wandert Henny los, stößt bald auf eine Ansammlung von Strandkörben. Auch hier kein Mensch um diese Uhrzeit. Dafür gibt es am Stelzenhäuschen der Wasserrettung eine Fundkiste. Henny bedient sich, findet zum Einkleiden unter anderem ein schräges T-Shirt mit Aufdruck: Hi, how are you? – und einen nigelnagelneuen Regenmantel. Sogar Schlupfschuhe. Henny bleibt dennoch barfuß. Energetisch besser, erleichtert die Aufnahme von Erdwärmekraftwellen.

· Zur ersten Begegnung mit Menschenwesen kommt es dann nach langem Marsch im Süden der Insel. An der Strandpromenade gibt es ein Café, in dem gefeiert wird. Der Ort übt sofort eine große Anziehungskraft auf Henny aus. Es sind allerdings nicht die Feiernden, die ihre Aufmerksamkeit erregen, sondern etwas anderes, das aber versteht sie erst später. Zunächst einmal mischt sie sich unter die Nachtgestalten. Zeigt die Steuereinheit herum, landet beim Barmann. Ob er eine Idee habe, wer so ein Teil auf der Insel reparieren könne? Geiles Shirt, eine modische Rarität, lautet die Antwort. Erst dann fragt er, was das denn sei, was Henny ihm unter die Nase halte. Drei Mal dürfe er raten, sagt sie. Er grinst breit, deutet quer durch den Raum: Vielleicht ja ein Modul aus so einem Raumschiff da? In der Ecke stehen ein paar Spieler um eine 1979er Gottlieb-Count-Down-Pinball-Machine. Den Aufbau mit dem Zählwerk ziert das Bild eines halluzinierenden Astronauten. Vorm Fenster seiner Raumkapsel schwebt eine Art Alljungfrau im knallroten Badeanzug. Henny stutzt. Aber nicht wegen des Motivs. Das Geklapper. Das Funkeln der Lampen.

Die mechanischen Glockenspiele. Wie im Bann schaut sie zum Automaten, der ihr zuvor gar nicht aufgefallen war. Ihr ist, als würde er von innen heraus silbrig strahlen und klingen. Gut möglich, dass nur sie das wahrnimmt.

Der Barmann hat den überholten Flipper erst kürzlich erworben. Am Festland. Er erzählt von Susis Garage: Total verrückte Tüftler! Und macht Henny schließlich am Ende der Nacht noch ein merkwürdiges Angebot: Er will ihr die T-Shirt-Rarität abkaufen. Für eine wahnwitzige Summe. Als sie ihn anguckt wie einen Exhibitionisten, der gerade den Mantel vor ihr aufgerissen hat, verdoppelt er den Preis. Bietet ihr dazu noch ein paar der bunten Pillen an, von denen er vorhin auch schon welche eingeschmissen hat. Henny nimmt dankend das Geld, lässt ihm die Drogen und geht kurz darauf an Bord der Morgenfähre, nimmt für die Reise nach Hamburg die Bahn. Sucht und findet dort Susis Garage.

Was sie nicht sofort findet: eine Strategie für die Kontaktaufnahme. Laut Index hat es wenig Sinn, mit der Tür ins Haus zu fallen. Sie kann ihre wahre Geschichte nicht anbringen, ohne für irre erklärt zu werden. Also observiert sie die Werkstatt erst einmal. Hegt sofort einen Verdacht: Auch Ponger scheint ein Mimikryp zu sein, allerdings in einem anderen Gestaltwechsler-Stadium. Mit erloschener Erinnerungsfähigkeit vermutlich, womöglich bereits vollständig umgekrempelt. Was nichts daran ändert, dass sie eine Verbindung spürt. Als er Feierabend hat, folgt sie ihm. Er stöbert in der Leihbücherei herum. Er nimmt ein hellblaues Buch mit nach Hause.

Nachdem sie weiß, wo er wohnt, kehrt sie um und hockt sich in den Lesesaal der Bibliothek mit einem ande-

ren Exemplar des gleichen Buchs. Am Ende der Öffnungs-
zeit versteckt sie sich, lässt sich einschließen. Mehrfach
arbeitet sie den Roman im Schnellverfahren durch – und
einige Schmöker mehr aus dem gleichen Regal. Die höchst
assoziative und intuitive Art menschlichen Denkens und
Handelns verblüfft und fordert sie. Wie unterhaltsam. Und
wie erschöpfend. Ein Fehler ist, dass sie beim Lesen ein-
schläft. Ein anderer, dass sie am Morgen an einen Sicher-
heitsdienst gerät, der sich ihretwegen sorgt. Der größte
Fehler ist, dass sie keine Papiere hat. Wahrscheinlich hilft
es auch nicht, barfuß zu sein. Sie wird festgesetzt. Polizei
taucht auf. Es gibt eine Befragung. Erst scherzt man. Wo
gibt's denn so etwas, dass junge Leute in Schwierigkeiten
geraten, weil sie die Nase in ein Buch stecken? Aber als
Henny sich völlig unkooperativ bei der Feststellung ihrer
Identität zeigt, geht es auf die Wache. Tatbestand: Persona-
lienverweigerung. Sie wird gebeten, die Taschen zu leeren.
Ein wenig Bargeld, ein Fährfahrschein, ein Bibliotheksbuch.
Und sonst nur die Steuereinheit. Aus einer Flugkapsel, einem Raumgleiter, erklärt Henny. Man will wissen, wo denn
dieser Raumgleiter abgestellt sei und ob sie wohl auch genug Kleingeld in die Parkuhr geworfen habe. Und so langsam hätte man gerne auch die Telefonnummer der Eltern.
Oder einen Grund, weshalb sie von zu Hause ausgerissen
sei. Als sie wieder keine sachdienlichen Hinweise liefert,
folgt die übliche erkennungsdienstliche Behandlung. Fo-
toaufnahmen, Fingerabdrücke. Außerdem Durchforstung
von Datenbanken. Nichts. Keine aktuelle Vermisstenmel-
dung passt. Die Beamten flachsen. Von wegen Raumgleiter: Bei welcher Behörde man wohl Eindringlinge aus dem

All zu melden habe? Sie rufen beim Bürgertelefon an, wo man durchstellt zur Behörde für Bevölkerungsschutz und Katastrophenhilfe, Abteilung II – Risikomanagement, Internationale Angelegenheiten.

Henny hat in der Nacht genügend einschlägige Bücher studiert, um sich auszurechnen, worauf das alles hinauslaufen wird. Jugendamt. Überführung in eine staatliche Einrichtung zur vorübergehenden Unterbringung. Von dort wird die Flucht, schätzt sie, sicherlich ein Klacks. Hofft, dass sich die Prozedur bis dahin nicht ewig zieht. Doch plötzlich bekommen die Polizisten einen Rückruf von der Behörde, mit der sie gesprochen haben. Keine drei Minuten nach dem Auflegen. Es wird nach dem Fährfahrschein gefragt, das schnappt Henny noch auf, bevor das Gespräch in den Nebenraum verlagert wird. Keine halbe Stunde später ist sie auf freiem Fuß. Man hat ihr alle Habseligkeiten zurückgegeben. Bargeld, Fährfahrschein, Steuereinheit. Selbst das Buch aus der Leihbücherei.

Wo der Haken an der Sache ist? Sie merkt bald, dass sie verfolgt wird. Von Profis, die sich einfach nicht abschütteln lassen wollen. Das erschwert die Kontaktaufnahme mit Ponger zusätzlich. Mit dem letzten Geld besorgt sie ein billiges Telefon. Sie hat einen Plan. Ponger wird romantisch finden, was sie vorhat, und wenn sie es richtig anstellt, wird er auch begreifen, dass wirklich etwas auf dem Spiel steht. Während sie am Bahnsteig darauf wartet, dass er Feierabend hat und aufkreuzt, entdeckt sie unter einem Aufkleber im Buch aus der Leihbücherei einen winzigen Chip. Sie wird getrackt. Der Chip landet kurz vor der Notbremsung bei den Münzen im Becher eines Bettlers. Ungestört kann sie so die Nacht wieder dort verbringen, wo sie die vorherige verbracht hat. Nur dass sie sich diesmal am Morgen nicht erwischen lässt.

Womit Henny nicht gerechnet hat: Ponger wirft das Telefon weg. Und Winotzki taucht in Susis Garage auf, hat vielleicht auch Leute in der Nähe auf der Lauer liegen. Die Zahl der verronnenen Stunden wächst. Henny muss dringend Ponger näherkommen. Und so klingelt sie an der Tür von Pörl. Die alte Dame entpuppt sich als die feinste Person, die man sich vorstellen kann. Als redselig und als Könnerin in Sachen Rhabarber-Crumble. Als eine mit Humor und einem Herz für alle, die bereit sind, ihre Geschicke selbst in die Hand zu nehmen, wenn sie mit dem Rücken zur Wand stehen. In Pörls Nähe fühlt Henny sich prompt weniger fremd. Und zugleich an einem Ort wie nicht von dieser Welt. Schöpft neue Hoffnung, bald nach Hause aufbrechen zu können.

# XIV

STRANDPROMENADE, WITTDÜN/AMRUM

**143** Schwärze, Stille, Sterne. Der dominante Dreiklang der Nacht beginnt allmählich auszuklingen, schleichend setzt bereits die Dämmerung ein, als der Wagen rechts ranfährt. Das Puckern des Motors erstirbt. Das Örtchen mit dem Fähranleger im Süden der Insel befindet sich noch im Tiefschlaf.

Alle Rollläden, alle Rollos unten.

Nichts regt sich in der Seitenstraße mit den Apartmenthäusern. Nur ein Eichhörnchen hangelt sich in einer Kiefer von Ast zu Ast.

Henny und Ponger steigen aus, am Fuße der steilen Steintreppe zur Promenade. Auch Hühnerkamm und Speckkäppi schälen sich aus ihren Sitzen. Man hat beschlossen, den Oldtimer hier abzustellen. »Morgen holen wir für euch noch das Tandem und bringen es zum Fahrradverleih. Keine Bange, wir stellen keine Fragen«, sagt Hühnerkamm. »Und wisst ihr, warum?«

Ponger stutzt: »Ist das nicht eine Frage?«

»Stimmt«, sagt Speckkäppi. »Jedenfalls: Wir wissen längst, was Phase ist. Die Lady und ihr habt uns diesen besonderen Wagen anvertraut. Das heißt, ihr habt uns vertraut – und deshalb vertrauen wir euch.«

Hühnerkamm nickt: »Wir spazieren jetzt gerne die zehn Minuten zurück zu Fuß zu unserem Schlummertrunk und unseren Schlafsäcken. Kein Ding. Von uns erfährt niemand etwas über euren Aufenthaltsort.«

Eben gerade, als sie sich dem Campingplatz genähert haben, ist großer Alarm gewesen. Der blässliche Schein von Blaulichtern, die an den Wänden des Empfangsbüros herumgeklettert sind, hat sie bereits von Weitem gewarnt.

Ponger würde drauf wetten, dass der Einsatz ihnen galt. Noch verbietet er sich zu glauben, was seine Instinkte ihm einflüstern: Pörl schwebt in Gefahr. Sie kooperiert mit Winotzki. Aber wieso?

»Wir trollen uns dann mal«, sagt Speckkäppi gähnend, »viel Glück euch!«

Hühnerkamm lächelt groggy, wie ein Boxer vor der letzten Runde: »Nicht vergessen für eure romantische Mission: Es passiert mehr Gutes als Schlechtes auf der Welt. Peace!« Er streckt Zeige- und Mittelfinger aus der Faust.

Ponger umarmt die beiden zum Dank. Ein spontaner Impuls. Er staunt über sich selbst.

**144** Wie die noch immer kraftlose Henny und er die Stufen erklimmen? Ponger stützt sie halb, halb trägt er sie. Wo ist die Henny mit den geschmeidigen Bewegungen und dem Leuchten im Blick nur hin?

Ihr Körper wirkt gekrümmt. Als wäre sie in den letzten Stunden um Jahre gealtert. Jeder Schritt bereitet ihr offenbar Mühe. »Alles in Ordnung?«

»Ja«, haucht sie, schmiegt sich an ihn.

»Bei mir auch«, sagt er.

Und so nähern sie sich im ersten Morgengrauen einem Strandcafé mit Panoramascheiben und tagsüber sicherlich prachtvollem Blick auf die See. Der Barmann ist mit Aufräumarbeiten beschäftigt. Offenbar hat in der Nacht eine Feier stattgefunden. Es liegen Luftschlangen und Konfetti am Boden, ein paar eingedellte Pappbecher kullern auch umher.

**145** Ponger hört die Töne der Gottlieb-Pin-ball-Machine im Ruhezustand: Der Klang wärmt ihn, gleichzeitig gefriert das Blut in seinen Adern.

Nach dem, was er von Henny gehört hat, grübelt Ponger noch: Möchte er lieber an Außerirdische glauben oder seinen Verstand verlieren – ist das die Wahl, die er hat?

»Zu. Geschlossen. Alles dicht«, sagt der Barmann. Er hat die Gestalt eines Jockeys, drahtig, klein, und sein Gesicht ist das eines vorzeitig gealterten Kindes. »Nacht ist rum, Zeit für die Heia, sorry«, fügt er mit Blick auf seine Uhr hinzu. Breites Metallarmband, das die Feinheit des Handgelenkes hervorhebt.

»Wir haben einen ziemlichen Weg hinter uns«, sagt Ponger.

»Tja, ich nehme an, nicht, um mir beim Fegen zuzuschauen. Aber was anderes passiert hier heute nicht mehr.« Der Barmann schiebt demonstrativ mit dem Besen ein bisschen Müll am Boden zusammen.

»Kriegen wir einen Schluck zu trinken, wenn ich helfe?«

Jetzt hebt der Barmann das erste Mal richtig den Kopf. Schaut sie an wie die freundliche Variante einer Figur, die Ponger mal auf der Abbildung eines alten Gemäldes gesehen hat. Ein freundlicher Nachtalb.

»Ich kenne euch beide«, sagt der Alb. Er deutet auf Henny, indem er den Besenstiel leicht kippt: »Du warst vor ein paar Tagen schon mal da. Die mit dem T-Shirt, klar. Und du bist doch dieser Flipperfreak, richtig?« Die Spitze des Besenstiels ist weiter zu Ponger gewandert. »Wenn wir es da mal nicht mit einer Lovestory zu tun haben, auf die ich im Leben nicht gekommen wäre!«

»Der Tipp mit der Werkstatt war Gold wert«, sagt Henny.

»Du bist aber nicht gekommen, um das T-Shirt zurück-zuholen, oder? Das hängt nämlich inzwischen gerahmt hinter dem Tresen.«

»Nein, wir sind hier, weil dieses Café eine besondere Rolle in unserer Geschichte spielt.«

»Du meinst, das ist so eine Herzensort-Nummer.«

»Ja, und deshalb sollte es auch dieselbe Zeit wie beim letzten Mal sein.«

Der Alb scheint leicht gerührt: »Na gut, der Deal mit dem Fegen gilt, aber erst einmal koche ich euch einen Tee. Frisch Verliebte lassen mein Herz immer aus dem Takt schlagen. Weiß auch nicht, wieso.«

**146** Die silbergrauen Resopaltische im menschenleeren Café. Die hochgestellten Stühle. Der Alb klappert nebenan in der Küche vor sich hin und aus den Deckenboxen erklingen Flöte und Streicher, Klassikradio: »Reigen der seligen Geister«, säuselt eine Moderatorenstimme im Bariton.

Henny und Ponger sitzen hinter den Panoramascheiben und pusten in ihre Tassen. Der Tee wärmt. Und Henny scheint sich leicht zu erholen. Ponger findet sie trotzdem noch immer fahl, die Augen scheinen tiefer zu liegen als sonst. Ihr schmaler Mund. Lippen blass. »Ich mache mir Sorgen wegen Pörl. Ich mache mir Sorgen um dich«, sagt er.

»Ich mache mir auch Sorgen um mich«, sagt sie, »wir sollten schnellstens zurück ans Festland.«

»Kommt das häufiger vor, so ein Komplettaussetzer? Du hast mir einen ziemlichen Schrecken eingejagt.«

»Eine Stressreaktion«, sagt Henny, »es kostet Energie, über viele Tage die beiden Existenzen zu führen. Ich bin inzwischen ziemlich am Limit.«

»Ist das eine Art Schizophrenie?«

»Ich habe dir erzählt, was es ist.«

»Die Mimikry-Sache?« Er stellt die Tasse zurück. Bevor die Untertasse noch abhebt, denkt er sich. Und kreuzt die Arme vor der Brust.

»Was guckst du so? Es ist die Wahrheit.«

»Die Wahrheit?! Ich fasse zusammen: Vor einigen Tagen strandet Henny, die Außerirdische, auf dem Planeten Erde. Sie ist unterwegs als Kundschafterin einer kriselnden Zivilisation in einem anderen Sonnensystem. Es gab auf der Reise Probleme mit der Navigation. Ihre Flugkapsel? Im Eimer.

Die Verbindung nach Hause? Unterbrochen. Also sucht sie nach Leidensgenossen. Und findet Ponger, den Außerirdischen, der von seinem Schicksal aber nichts weiß.«

»Ja. Ponger, der Wunderschrauber, der die Geräuschwelt alter Pinball-Maschinen auf eine besondere Art kalibriert. Damit sie unterschwellig alle einen silbernen Klang für eine spezielle Frequenzwirkung bekommen. Richtig?«

Ponger windet sich ein bisschen auf seinem Stuhl. Kurz schlucken und zweimal blinzeln. Kann auch an den müden Augen liegen. »Wäre technisch zumindest nicht unmöglich«, sagt er.

Henny summt einen Ton – den Ton. Sagt dann: »Ein akustisches Signal. Eine Art Hier-bin-ich-Ruf, unhörbar für normale menschliche Ohren. Abgesetzt in zahllosen Flipperautomaten, die Susis Garage verlassen haben, überallhin. Abgesetzt in stiller Hoffnung, dass dieser Ton da draußen vielleicht jemanden auf deine Spur bringt. Und nun sitze ich vor dir. Eine Fremde erkennt einen Fremden.«

Ponger weiß nicht, wohin mit den Händen, mal wieder, lässt sie in die Jackentaschen schlüpfen, stößt mit der Rechten gegen das Buch. Er sagt: »Klingt aber doch eher nach einer Geschichte, die ich mir ausgedacht haben könnte, um Pörl beim Abendbrot aufzuheitern. Easter Eggs und persönliche Signaturen sind unter Tüftlern ja nichts Besonderes.«

Henny nickt. »Schau kurz nach da.« Sie deutet auf ihr Spiegelbild in der Scheibe. Aber er reagiert nicht, wendet seinen Blick nicht ab von ihr.

Er sieht die Erschöpfung, die ihr aus jeder Pore zu kriechen scheint. Und auf ihrer fast durchscheinenden Haut bemerkt er zwei neue Leberflecke. »Klar«, sagt er, »ich habe dieses Muschelding in den Dünen gesehen. Aber das könnte auch ein U-Boot oder ein Filmrequisit gewesen sein. Ich kann einfach gerade nicht genau sagen, was ich bereit bin zu glauben. Klingt alles zu fantastisch.«

Henny lässt seine Worte geduldig verhallen. Dann schließt sie langsam die Augen und spricht, als würde sie den Text von den Innenseiten ihrer Lider ablesen: »Fragst du dich nicht dein Leben lang schon, wie du hergekommen bist? Verstehst du? Es gibt eine Antwort auf dieses Rätsel.«

**147** Henny fordert Ponger erneut auf, ihr Spiegelbild in der Scheibe zu betrachten: »Unter fremden Blicken funktioniert die Wandlung nicht.«

Er dreht skeptisch den Kopf zur Seite, erkennt erst nichts außer einer unscharfen Henny dort im Glas. Aber ihre Erscheinung verliert auf einmal die gewohnte Form, verschwimmt.

Ponger traut seinen Augen nicht. Alles flimmert, als würde das, was er sieht, hinter einer Hitzewand liegen.

Äußerst behutsam dreht er seinen Kopf zurück. Sieht es jetzt in aller Schärfe: Anstelle von Henny befindet sich ihm gegenüber ein Geschöpf von bizarrer Anmut. Nicht Tier, nicht Mensch, aber mit Rumpf und Extremitäten, mit Sehorganen und Mundöffnung. Beinah wie schwerelos scheint es im Raum mit wabernden Bewegungen auf der Stelle zu schweben, als wäre die Luft ein Element mit ähnlichen Eigenschaften wie Wasser.

Rausch und Kater zugleich – so fühlt es sich an.

Pongers Schläfen pochen, sein ganzer Körper befindet sich in Aufruhr. Eisiger Schweiß auf der Stirn. Er erwartet, dass der Leuchtturm jede Sekunde in einer prächtigen Staubwolke einstürzt. Und das Strandcafé. Und die Häuser an der Promenade. Dass sich ein Riss im Boden auftut, ein klaffender Abgrund. Dass das Meer über die Ufer tritt.

Ist es nicht Zeit, dass alles hinfortgespült wird, sich auflöst im Nichts? Dass Ponger aufwacht: Alles nur geträumt?

# 148

Was Ponger sieht, ist zweifellos ein Alien, eine außerirdische Henny. Er fragt: »Können wir uns noch miteinander verständigen?«

Sie können. Nicht sprechend, aber auf eine telepathische Art vernimmt er weiter ihre gewohnte Stimme, silbrig-schön hört er sie in verwirrend intimer Nähe: »Du könntest das auch ausprobieren, mein lieber Ponger.«

»Niemals.«

»Es müsste für dich möglich sein, kurzzeitig.«

»Wie denn?«

»Das weißt du. Es ist eine Frage der Bereitschaft.«

Ponger äugt über seine Schulter zur Schwingtür hinter dem Tresen. Hört den Alb weiter in der Küche mit Geschirr hantieren. »Vielleicht keine gute Idee gerade, oder?« Er flüstert kaum hörbar. Aber sie versteht.

»Es ist völlig normal, dass es dir unangenehm ist. Du hast deine Gestalt, deine ursprüngliche, schließlich die ganze Zeit verbergen müssen. Aus Furcht, aus Scham, um dich zu schützen.«

Wo kommt der sanfte Nachhall ihrer Worte plötzlich her?

Ponger hat den Eindruck, dass sein Blick glasig wird, fixiert krampfhaft das fremdartige Henny-Wesen. Seine Brauen schieben sich zur Nase, alles im Gesicht scheint sich zu verschieben, er spürt eine rasche Wärmebildung an der Stirn und überall am Rücken, als würde er fiebern.

Es ist wie ein Anfall von Platzangst im eigenen Körper. Noch bevor er wirklich weiß, was geschieht, überfallen ihn Erstickungsgefühle. Er möchte den Mund aufreißen, beißt stattdessen mit den Vorderzähnen des Oberkiefers aber fest auf die merkwürdig anschwellende Unterlippe.

**149** In einem Akt letzter Not presst Ponger hervor: »Ich krieg's nicht hin, es bringt mich um.«

»Schau mal da.« Das Henny-Wesen deutet zum Glas des Panaromafensters. Es kostet Ponger große Anstrengung, dem Wink zu folgen. Zugleich spürt er eine seltsame Kraft in sich aufsteigen. Und er begreift, dass es wirklich passiert ist.

»Bin das ich?«

Nicht Mensch, nicht Tier, auch er. Auch er scheint beinah schwerelos auf der Stelle zu treiben, vollführt diese wabernden Bewegungen mit seinen Extremitäten, die gelenklos wie Tentakel in die Luft ausgreifen.

»Verblüfft?«

Eine Welle der Wärme rollt durch seinen Körper.

»Wie lange hält das an?«

»Es funktioniert eigentlich nur in Gegenwart von Artgenossen richtig gut. Und ich nehme mal an, du wirst schnell erschöpft davon sein.«

Im Hintergrund, auf der anderen Seite der spiegelnden Scheibe: das erste Glimmen der Sonne über der See, ein dünner flackernder Streifen, als würden sich gerade zahllose Schwärme von Leuchtkäfern hinter dem Horizont versammeln, kurz davor, sich aus dem Versteck zu wagen.

»Das ist wirklich, wirklich verrückt.«

»Aus deiner menschlichen Perspektive ist es das wahrscheinlich. Und der entkommst du natürlich nicht mehr. Also, genieß es.«

**150** Das Henny-Wesen wird, genauso wie Pongers eigenes Spiegelbild, von einem zarten Lichtschein umrandet.

**151** Ponger könnte wahrscheinlich ewig so ausharren, ohne zu bemerken, dass die Zeit vergeht. Henny und er starren beide zur Scheibe, wo die Bilder der Wirklichkeit diesseits und jenseits des Fensters sich überlagern, das Drinnen und Draußen, sie betrachten gegenseitig ihre fremdartige Gestalt und dazu das zögerliche Erwachen des neuen Tages, die ersten Anzeichen eines prächtigen Sonnenaufgangs.

Schauer durchlaufen ihn, Schauer durchlaufen sie.

In der Ecke surrt und blinkt der Flipperautomat.

Und in der Küche grummelt die Spülmaschine los. Der Nachtalb pfeift nebenan.

Sein Pfeifen nähert sich. Kommt noch näher. Und bricht abrupt ab, als zwischen dem pfeifenden Mund und dem einzigen besetzten Tisch im Café der Schall durch keine Schwingtür mehr gedämpft wird.

»Was ist es denn auf einmal so still hier, eingeschlafen?«, fragt der Alb noch und wirft sich ein Küchenhandtuch über die Schulter.

Dann bleibt ihm die Spucke weg.

Auch der Alb im Hintergrund spiegelt sich in der Scheibe: Wie festgenagelt ist er mitten im Raum stehen geblieben. Wen wundert's bei dem Anblick, der sich ihm bietet? Im Halbdunkel schauen einträchtig, in scheinbar tiefster Harmonie, zwei Wesen, wie sie weder der Alb noch sonst ein Mensch je zuvor gesehen hat, am Fenster aufs Meer.

Die Körper aus changierendem, gelartigem Gewebe sind bei beiden übersät mit schillernden Sprenkeln in allen Regenbogenfarben und pulsieren stetig wie ein schlagendes Herz im geöffneten Brustkorb.

Ein Scheppern und Poltern. Der Alb löst auf der Suche nach etwas zum Festhalten eine kleinere Kettenreaktion aus, reißt einige der hochgestellten Stühle zu Boden – und kann dennoch nichts gegen das Unausweichliche tun.

Er klappt zusammen.

**152** Ponger hat kurz das Gefühl, als würde es Lametta vor seinen Augen regnen. Es geht ein heftiger Ruck durch seinen Körper und der Kreislauf spielt verrückt. Ein Kribbeln in den Gliedmaßen und ein heftiges Hyperventilieren, was sich zum Glück aber beides schnell ausschleicht und legt.

Dann scheint wieder alles beim Alten zu sein.

Ponger blickt an sich herab.

»Kannst du dir vorstellen, wie einem das an die Substanz geht?« Hennys Stimme, Hennys vertraute Stimme.

Ponger dreht seine Hand vor den Augen hin und her, bewegt seine fünf Finger, betrachtet sie wie etwas, das er noch nie gesehen hat. »O.k.«, sagt er, »ob das mein Leben jetzt leichter macht, wage ich zu bezweifeln.«

»Mein Reden. Je länger ich in dieser Menschengestalt stecke, desto belastender wird es. Schlimm vor allem: diese zunehmende Anfälligkeit für all die Gefühlsduseleien.«

»Ich habe eben keinen großen Unterschied gespürt.«

»Wieso sollte sich in ein paar Minuten auch dein ganzes Bewusstsein schlagartig verändern? Alles eine Frage der Dauer, genau das ist das Problem. Mein Zeitfenster schließt sich demnächst.«

»Wann?«

»Ich bin an einem kritischen Punkt. Genau kann man das nicht sagen. Laut Index sind bei Menschen dreißig Leberflecken der Durchschnitt. Wenn ich in die Nähe dieser Zahl komme, stecke ich wahrscheinlich in dieser Haut fest.«

Ponger blickt unwillkürlich zu den Stellen, an denen die kleinen dunklen Muttermale zu sehen sind: »Das heißt, du wärst demnächst zum Bleiben gezwungen?«

»Ich würde fluguntauglich werden. Dann käme ich nie wieder zurück in mein altes Leben. Nie. Verstehst du?«

»So wie ich.«

»So wie du. So wie Pörl.«

»Pörl?«

# 153

Ein Schwall Lava schießt durchs Hirn, zugleich gefriert das Blut in den Adern. Ponger schlägt die Hände an den Kopf. Für den Fall, dass sein Schädel gleich explodiert, wird das kaum etwas nützen. Aber was sonst soll er tun?

Henny sagt: »Was hattest du denn gedacht? Pörl hat dich gefunden, weil sie natürlich eine innere Antenne für Ihresgleichen hat. Auch sie ist nicht von dieser Welt.«

»Verstehe ich nicht. Das ist unlogisch. Wieso bin ich der einzige Idiot, der keinen Plan hat? Wieso weiß sie von ihrer Herkunft, während ich nie einen Schimmer hatte?« Ponger stößt beim Gestikulieren gegen die Tasse, etwas Tee schwappt über den Rand.

»Pörl wird im Laufe der Jahre Kontakt zu jemandem gehabt haben, der ihr die Augen geöffnet hat. Ähnlich wie du das jetzt erlebt hast. Ab sofort wirst du ja auch nicht mehr vergessen, wer du bist.«

»Nicht ein kleines Bisschen habe ich geahnt.«

»Wie hättest du es ahnen sollen?«

Er denkt nach.

Hat es Andeutungen von Pörl gegeben? Wie lässt sich das Dickicht um ihn nur auseinanderziehen? Ahnungsloses Herumtappen – die Geschichte seines Lebens. »Aber was heißt das denn nun? Und was bitte ist mit Pörl?«

»Das hast du doch gesehen.«

»Ich habe gesehen, wie sie vorhin in einem Hubschrauber weggeflogen ist, komme aber beim besten Willen nicht dahinter, was das zu bedeuten hat.«

»Meine Theorie: Sie hat uns ein wenig Zeit verschafft. Sie beschäftigt Winotzki, damit wir uns einen Plan einfallen lassen können, um doch noch heil aus der ganzen Misere herauszukommen.«

»Das ergibt keinen Sinn.«

»Nicht?«

»Wieso sollte Winotzki sich überhaupt groß für Pörl interessieren, wenn er eigentlich nach dir sucht?«

»Ponger.« Mehr antwortet sie nicht. Und der Blick sagt: Frag nicht weiter.

Aber das reicht ihm nicht: »Henny?«

Ist das wirklich eine Träne, die sich da aus ihrem Auge löst und eine salzige Spur auf der Haut zieht? Sie schaut hoch zur Decke. »Für Menschen ist das keine gute Vorstellung, von Aliens unterwandert zu sein. Zumindest offiziell möchten sie bestimmt nie und nimmer verkünden, dass ein Ufo in ihren Luftraum eingedrungen ist. Aber inoffiziell brauchen sie eine Erklärung.«

»Was will Winotzki von Pörl?«, bohrt Ponger nach.

Auf Hennys Gesicht kämpft die Hilflosigkeit mit der Verzweiflung. Henny sagt: »Winotzki hat eine leere Flugmuschel und möchte kein Tamtam. Pörl ist sicherlich in der Lage, Winotzki zu beweisen, dass sie aus einer anderen Welt stammt und die Gestalt wechseln kann. Vielleicht stellt sie mich einfach als Wichtigtuerin hin, die hinter ihr Geheimnis gekommen ist. So oder so: Pörl wird sehr überzeugend sein und zustimmen, sich künftig von anderen Menschen fernzuhalten, auch von dir und mir. Damit kann Winotzki erst einmal leben, nehme ich an. Vielleicht reicht ihm das sogar am Ende ganz. Pörl ist immerhin Pörl. Und für dich würde sie vermutlich alles tun.«

Ponger versteht die Welt nicht mehr.

Eine schreckliche Ahnung kriecht ihn an, bis es dann klick macht: »Nein.« Etwas verbeißt sich in sein Herz.

»Ich weiß«, sagt Henny, »wir können sie aber nicht mehr retten.«

Ponger springt auf. »Nein!«

Die Lautstärke holt den Alb zurück aus seinen unruhigen Träumen. Am Boden zwischen den Stühlen regen sich Arme, Beine und Oberkörper.

**154** Der Barmann kommt wieder zu sich. »Ich hatte da gerade einen ganz und gar abgedrehten Traum«, sagt er. An seiner Lippe hängt ein bisschen Speichel. Er nuschelt, er müsse sich künftig besser wegen der Pillen und Übernächtigung vorsehen. In Pongers Gehörgang rauscht es.

Er ringt selbst noch mit der Fassung. Macht aber wie auf Autopilot zwei Schritte auf den Mann am Boden zu. Tut einfach mechanisch das, was in der Situation getan werden muss. Streckt die Hand aus.

Der andere greift danach.

Und in genau dieser Sekunde hat Ponger plötzlich eine Eingebung: »Kann ich hier mal eben telefonieren?«

Der Barmann lässt sich auf die Füße helfen: »Ich glaube, ich komme ohne Notarzt klar.« Er reibt sich den offensichtlich schmerzenden Ellbogen.

»Wir sind echt in Sorge gewesen«, sagt Henny, »bei dem Entsetzen in deinem Blick hätte man glatt denken können, die Invasion vom Mars steht kurz bevor.« Sie lächelt gekünstelt, um sich diesen Scherz abkaufen zu lassen.

»Haha, ja. So ähnlich.«

»Ich müsste tatsächlich mal dringend telefonieren«, sagt Ponger.

**155** Praktisch gleichzeitig mit der pantomimischen Antwort eilt Ponger los, folgt dem Wink mit dem Daumen, stürmt durch die Schwingtür in die Küche: Er greift den Hörer des alten Telefonapparats an der Wand, klemmt ihn zwischen Schulter und Wange fest, wählt die Nummer von Winotzki, die er sich gemerkt hat.

Freizeichen.

Es klingelt mehrmals. Auf dem Fliesenboden bekommt Ponger kalte Füße, was ihm in der Sekunde nicht völlig unrecht ist. Er denkt an die Schuhe im Zelt. An den Krach des Hubschraubers vorhin. Dann hat er Winotzki endlich in der Leitung. »Ich will Pörl sprechen.«

»Ist das ein Scherzanruf? Wer spricht denn da?«

»Das wissen Sie. Das wissen Sie genau.«

»Der Junge aus der Flipperwerkstatt. Bist du das? Es ist ziemlich früh am Morgen. Gibt's was Neues?«

Ponger atmet die Gerüche der Putzmittel ein. Die Stirn jetzt fest gegen die gekachelte Wandverkleidung gequetscht. »Ich weiß alles. Ich kann Ihnen helfen. Ich habe die fehlende Steuereinheit.«

»Die Sache hat sich erledigt.«

»Nichts hat sich erledigt. Es geht um Leben und Tod!«

Am anderen Ende vernehmliches Luftholen: »Drücke ich mich klar genug aus, Junge? Deine Freundin hat nichts mehr zu befürchten. Wegen der Sache mit der Notbremsung? Nun ja, ich denke, ich kann es so drehen, dass die Leute bei den Bahnbetrieben ein Auge zudrücken.«

Es klickt in der Leitung.

Das Gespräch ist unterbrochen worden. Von Henny. Sie ist fassungslos: Wie konnte Ponger nur? Er errötet, seine

Wangen fangen an zu glühen, als er ihren Blick einfängt. Sie sagt: »Wir gehen jetzt!«

Die Kruste auf ihrer Wange von der Träne glänzt.

Ponger lässt den Hörer los. Das Spiralkabel fängt den Sturz ab, schwingt durch das Gewicht auf und nieder. Ponger sagt: »Ich habe mich nie bedankt bei ihr. Sie hat sich geopfert, sie hat sich die ganze Zeit um mich gekümmert, und nicht ein Mal habe ich Danke gesagt.«

**156** An einem Mast vor dem Strandcafé flattert die Fahne der Insel im Wind. Gelb-Rot-Blau. Vom Meer kommen die Böen. Fauchend, wie von einem gereizten Tier kurz vorm Sprung. Hinter dem Meer schiebt sich langsam das Rund der Sonne nach oben. Die glühende Iris eines aufgebrachten Einäugigen.

Die Natur.

Seltsame Spiele spielt sie immer wieder.

**157** Das grelle Morgenlicht verwandelt das Wasser in glühendes Glas. Klare Sicht. Zumindest hätte Ponger die, wenn da nicht dieses Brennen in den Augen wäre. Trockener Mund. Tausend Gedanken. Keiner davon zu gebrauchen. Im Körper ein Schmerz, der nichts mit dem Körper zu tun hat.

Ponger sieht sich selbst über den breiten Strand stolpern. Bis zur Wasserkante. Er drückt die Zehen in den Schlick, fest ist der.

Dann wird es kalt an den Füßen. Genauer: nass.

Die Wellen rauschen und dröhnen, als käme nicht Wasser angewalzt, sondern Nägel und Glassplitter. Ein gewaltiges Rumoren. Ein Rumoren, das seine Schreie einfach verschluckt.

Ponger brüllt sich die Seele aus dem Leib. Versucht es wenigstens, während er bis zur Hüfte in der Brandung steht. Das Buch in seiner Jacke drückt mit der Ecke gegen eine seiner Rippen. Er zerrt es aus der Tasche.

Bevor Ponger weiß, was er tut, tut er es bereits.

Er wirft das Buch hinaus aufs Meer.

Fleddernde Seiten.

Es stimmt nicht, aber er meint, das zerlesene Ding zieht im Flug einen Schweif hinter sich her, bis es in die Fluten klatscht.

XV

HAMBURG-ROTHENBURGSORT,
SUSIS GARAGE

**158** Fähre, Bahn, die meiste Zeit dösend, dann der kleine Fußweg: Die Rückkehr in die Stadt verläuft völlig ereignislos, und es geht direkt zu Susis Garage.

Typischer Werkstattgeruch empfängt Henny und Ponger am späten Samstagnachmittag. Erwärmte Drähtchen. Spulen unter Strom. Benutzter Kaffeefilter. Lichtröhrenstaub.

Dazu allerdings der Duft von Handcreme.

Das wundert Ponger. Susi sollte am Wochenende nicht in der Garage sein, was zum Glück auch nicht der Fall ist. Aber eigentlich sollte auch Stella um diese Uhrzeit nicht unbedingt da sein. Doch als Henny und Ponger aufkreuzen, schmiert sie sich gerade mit Susis Creme die Hände ein, bereit für die nächste Partie am Orbitor 1. »Zelte abgebrochen? Susi meinte, ihr seid campen.«

»Urlaub vorbei.«

Ponger blickt kurz zu Henny: Ganz krumm steht sie neben ihm, wie ein Kerzendocht, dem sich die Streichholzflamme nähert. Er hilft ihr, sich auf die Couch zu setzen.

Stella fragt: »Wo wart ihr denn?«

»An der Nordsee.«

»Keine Lust mehr gehabt, den Möwen beim Fliegen zuzugucken?«

»So ähnlich.«

Stella klappt den Deckel auf die Tube. Unschlüssig schaut sie auf die erschöpfte Henny, zwinkert Ponger zu. »Ich kann das Feld räumen, wenn ihr Ruhe braucht.«

»Du störst nicht.«

»Sicher? Geht mich ja nichts an, aber erholtes Volk sieht anders aus.«

Was soll Ponger sagen? Zumal er nicht nur von Stellas Anwesenheit leicht irritiert ist. Stella trägt heute einen schlabberigen Jogginganzug. Keine falschen Wimpern. Auf den Lippen weniger Farbe als sonst. Ponger fragt vorsichtig: »War viel los, während wir unterwegs waren?«

Stella zuckt mit den Schultern: »Die Zufahrtsstraße wurde gestern mit einer Schicht Teer neu übermantelt. Darauf stöckelt es sich wieder astrein.«

»Und was ist aus der Sache mit diesem Hotsch geworden?«

»Wem?«

»Dem Kerl, den du mit dem Elektroschocker ausgeschaltet hast?«

»Ach, der ...«

»Hattest du deswegen Ärger?«

Sie macht eine Handbewegung, als wolle sie eine Fliege vertreiben. »Ich? Nein. Aber er beinah. Ein Vorfall mit einer Sexarbeiterin ist in einem Job wie seinem immer heikel. In so einer Behörde hast du ja nur mit Leuten zu tun, die dich schon komisch angucken, wenn der Krawattenknoten schief sitzt. Hätte wohl eine gründliche Untersuchung gegeben, wäre ich nicht bereit gewesen, mich diskret zu verhalten.«

»Aha.«

»Der Mann ist auf jeden Fall sehr anhänglich. Er will mich unbedingt zum Essen einladen.«

»Aha.«

»Rein freundschaftlich. Und ich habe auch mit Susi darüber gesprochen, vielleicht ist die Zeit gekommen, mal eine kleine Auszeit zu nehmen. Nach all den Seltsamkeiten zuletzt. Sie will mich unterstützen. Hat gerade selbst eine sensible Phase, wie du weißt. Na ja, und jetzt bin ich eben für ein paar Tage hier, um mich zu sortieren. Beim Flippern denkt es sich einfach am besten.«

»Ist das denn okay, wenn wir auch hier sind, zumindest bis Montag?«

»Soll das ein Witz sein?« Auf Stellas Stirn erscheinen ein paar scharfe Falten. »Die Garage ist doch dein zweites Zuhause, Junge.«

Ponger gelingt ein Lächeln. Dann sagt er: »Henny geht es nicht gut. Das ist auch ein Grund, weshalb wir schon wieder zurück sind. Unter anderem.«

»Meine Hütte ist eure Hütte. Und wenn ich dir und deinem Mädchen helfen kann: Ich kenne eine Ärztin, die keine Fragen stellt, egal, was es ist, weißt du, auch bei den heiklen Dingen.«

Beide, Stella und Ponger, schauen zu Henny, die scheinbar teilnahmslos in die Polster versunken ist und sich mit dem Handrücken über die Augen reibt.

Ponger sagt: »Sie braucht einen Raum, wo es dunkel ist und wo sie allein sein kann. Wo sie Ruhe hat. Anders kann man gerade nicht helfen.«

**159** Eine Höhle wird gebaut: Stella und Ponger schieben die Couch in eine der Nischen, wo die Werkbänke sind, hängen die karierte Schurwolldecke davor, lassen die Jalousie am Fenster runterrasseln.

**160** Tschack! Die Zugfeder schnalzt hart zurück. Stella jagt ihre erste Kugel ins Spiel. Die Flipperfinger schnippen das Geschoss gegen Bumper, Prellpfosten, Schlagtürme und hart durch die Törchen mit den rotierenden Flaggen.

Ponger kriecht zu Henny ins Dunkel. Kurze Beratung.

»Wir haben noch Pörls Botschaft«, sagt Henny, »und meine letzte Chance ist wahrscheinlich, dass wir damit eins eurer Transportmittel finden.«

Das ist der Strohhalm, an den sie sich klammert. Schon auf der Fähre war das die Frage: Wo sind die Flugkapseln? Die Raumgleiter, die Ponger und Pörl auf die Erde gebracht haben? Zerstört, um Spuren zu tilgen? Oder versteckt?

»Ich mache mich auf die Suche. Die Jungs haben gemeint, den genauen Wortlaut von Pörls Botschaft haben sie sich nicht gemerkt. Aber Susis Name kam darin vor.«

»Ja, Susis Traum sollst du zerlegen«, sagt Henny.

»Oder Susis Raum? Also: Susis Garage. Pörl hat Puzzles geliebt. Vielleicht lagern die Teile hier.«

Aus der Halle drüben tönen Geräusche. Helles Blubbern. Ein schrilles Zwitschern. Ein Quirilieren. Wie ein Chor aufgescheuchter mechanischer Vögel.

Stella sammelt jede Menge Punkte beim Nachdenken.

Henny sagt: »Fang an. Die Regale sind voll.«

»Ja, ich fang einfach an.« Ponger tastet nach Henny. Berührt den Stoff ihres Regenmantels, zuckt, als am Ende des Ärmels etwas Hautwarmes zu erfühlen ist. Hat sie sich in ihre Ursprungsgestalt zurückgezogen?

»Keine Sorge, ich warte, bis ich allein bin. Das war nur meine Hand«, sagt sie.

**161** Auf der Glasabdeckung eines Flippers glättet Ponger ein Blatt mit der Handkante. Er hat auf der Bahnfahrt eine Zeichnung der Flugkapsel angefertigt. Aus der Erinnerung. Und mit Hennys Unterstützung. Hat sich die Steuereinheit noch einmal genauer angeschaut, ist sich sicher, ziemlich sicher, er wäre imstande, passende Bauteile zu identifizieren und zu montieren.

Wo soll er anfangen?

Er durchforstet die Regale. Er wühlt in Kisten und Kartons. Untersucht die Nester aus Kabelresten. Er wirbelt eine Menge Staub auf. Er klopft die Wandvertäfelung in Susis Bürokabuff nach Hohlräumen ab, räumt die Schränke in der Kaffeeküche ergebnislos aus und wieder ein.

»Freispiel«, jubelt Stella von der anderen Seite der Halle.

**162** Ponger ist am Ende keinen Millimeter weiter als am Anfang. Nichts hat er gefunden, rein gar nichts, was ihm nützlich erscheint. Inzwischen sind mehrere Stunden verstrichen. Selbst Stella hat mittlerweile eine Pause eingelegt.

Ponger öffnet noch einige Flipperautomaten und fährt sogar die alte Hebebühne hoch und runter. Dabei fällt ihm allerdings nur auf, dass dort zwei funktionslose Metallketten hängen. Ideal für eine Schaukel. Völlig nutzlos für seine Zwecke im Moment.

Ponger schaut hoch an die Decke.

Der Regen trommelt oben gegen das Wellblech.

**163** Spät in der Nacht, draußen vor Susis Garage: Vereinzelt rutschen noch Tropfen von den glitschigen Blättern des Baumes. Pitschnass vom letzten Schauer sieht Ponger zur Tür, wo eine gähnende Stella gerade den Kopf nach draußen streckt: »Ach, hier bist du.« Ein Lichtstreifen von drinnen fällt auf die Auffahrt.

Ponger hockt auf dem Schaukelbrett, eine Eigenkreation, zurechtgesägt aus dem Seitenteil einer Flipperverkleidung. Die Ketten von der Hebebühne hängen an einem dicken Ast, knarzen regelmäßig. Ponger schwingt in diffusem Seelenzustand leicht auf der Stelle hin und her. »Ich brauchte mal frische Luft.«

Stella kreuzt die Arme vor der Brust. »Beim nächsten Mal besser mit Regenschirm auf den Spielplatz«, sagt sie. »Komm wieder rein, du holst dir noch einen ganz und gar unromantischen Tod.«

Ponger bleibt sitzen: »Hast du eine Ahnung, was Susis Traum ist?«

»Ihr Albtraum war auf jeden Fall, dass du nicht zurückkommst. Echt, das hat sie völlig durcheinandergebracht. Wieso fragst du?«

»Ich weiß nicht weiter.« Der Satz sorgt für ein raues, beinah kratzendes Gefühl in seiner Brust. Schnell sagt er deshalb noch: »Stella, was tust du, wenn du mal nicht weiterweißt?«

»Das fragst du eine Sexarbeiterin?« Sie schaut ihn an wie ein putziges Stofftier, dem eins der Knopfaugen abgefallen ist.

»Ich frage die Flipperkönigin«, sagt Ponger.

»Haha. Die Flipperkönigin sagt dir was: Lass locker und

halt den Ball im Spiel, so lange es geht, denn nur dann kannst du punkten.«

»Nach dem Motto: Wenn alles richtig mies läuft, ist das immer noch besser, als wenn gar nichts läuft?«

»Zu lang für einen T-Shirt-Spruch – aber ja, das ist die Idee.«

Pongers Zähne klappern ein bisschen, als er von der Schaukel aufsteht. Die nassen Klamotten kleben am Körper.

Stella öffnet einladend die Tür ins Warme ein Stück weiter. Der Lichtstreifen am Boden faltet sich zu einem hellen Fächer auf.

»Eine Bitte«, sagt Ponger, »ist allerdings ziemlich bizarr.«

»Nein, ich mache keine Lichtschalter mit der Nase an oder aus.«

»Kannst du das mit den Scherzen kurz lassen?«

»Kannst du deine Stimme weniger dramatisch klingen lassen?«

Ponger zuckt mit den Achseln und rührt sich noch immer nicht weg von der Schaukel: »Henny ist krank. Eine seltene Krankheit. Sehr selten.«

»O.k.«, sagt Stella, »wo bleibt die Bitte?«

»Ich muss meinen Overall aus der Wohnung holen«, sagt Ponger, »und ein bisschen was zu essen. Und dann muss ich einen Typen finden, mit dem Pörl Ärger hat, aber der uns vielleicht helfen kann. Ich weiß nicht genau, wie lange das dauert. Bleibst du bei Henny?« Er wringt am Stoff seines Oberteils.

»Ich hatte nicht vor zu verschwinden«, sagt Stella.

»Möglich, dass Henny sich merkwürdig aufführen wird.

Oder dass sich ihr Aussehen verändert. Auf echt erschreckende Weise. Falls ich bis Montag nicht zurück bin, wird Henny denken, ich lasse sie hängen. Und dann sehr verwirrt wirken. Sie wird Erinnerungslücken haben. Ich habe das selbst einmal durchgemacht. Ganz schräg. Kein Mensch der Welt könnte helfen. Sie muss da einfach durch.«

Stellas Augenbrauen sind zwei schmale Sicheln. Beim Runzeln sieht es immer ein bisschen aus, als wären es zurechtgebogene Büroklammern. »Pass auf, es ist mir egal, was du vorhast«, sagt Stella, »aber wieso solltest du bis Montag nicht zurück sein?«

Ponger senkt kurz den Blick und seine Augen bleiben am Schaukelbrett hängen. Er liest den knalligen Schriftzug, der die Fläche ziert: die letzten drei Buchstaben vom Wort Pinball. »Vielleicht bin ich auch in ein paar Stunden zurück und bringe frische Brötchen mit. Ich kann es nur nicht versprechen. Ich muss versuchen, den Ball im Spiel zu halten.«

Stella bildet mit den Fingern ein Herz: »Ich wünsche dir viel Glück!«

Ponger sagt: »Und wenn doch etwas schiefläuft, müsst ihr, Susi und du, bitte für Henny sorgen. In der Phase, während es ihr beschissen geht, bewahrt am besten einfach die Ruhe. Sag Susi das, ja?«

»Das sagst du ihr schön selbst.«

**164** Eine Kusshand wirft sie ihm zu. Dann drückt sich Stella mit der Hüfte an der Wand ab, trippelt zurück in die Halle. Während die schwere Metalltür langsam zuschwingt, verschwindet Stellas Stimme dahinter: »Der Sonntag ist jung. Gut vierundzwanzig Stunden hast du noch!«

# XVI

REIHERSTIEGVIERTEL,
HAMBURG-WILHELMSBURG

# 165

Der Morgen setzt zum Sprung an und Ponger geht mitten auf der bepfützten Straße. Die Autos parken brav an den Rändern in langen Reihen wie schlafende futuristische Schlangenwesen. Durch die breite Gasse zwischen ihnen nähert sich Ponger dem Wohnblock, in dem er die letzten Jahre mit Pörl gelebt hat.

Wie lange ist der Aufbruch her?

Tage?

Jahre?

Es schnürt ihm die Kehle ab.

Wolken, dicht an dicht und in der Farbe von schmutzigem Styropor, verdunkeln den Himmel über dem unscheinbaren Mietshaus. Vor dem Eingang gibt es Bewegung. Pongers Schritt verlangsamt sich.

Umnebelt von kaum merklichem Sprühregen schleppen Gestalten in weißer Schutzkleidung Kartons in einen ebenso weißen Lkw ohne jede Aufschrift. Wie die Schneemännchen auf der Insel tragen sie Kapuzen und Plexiglasvisiere. Vielleicht sind es auch dieselben Leute?

Mit hängenden Armen bleibt Ponger stehen.

Die Hände hat er allerdings zu Fäusten geballt.

# 166

Im Treppenhaus steigt Ponger Stufe für Stufe dem Dachgeschoss entgegen, klammert sich ans Geländer. Oben will er sich Zugang zur Wohnung verschaffen, aber ein Arm versperrt ihm den Weg.

Ponger taucht drunter hindurch.

Er strampelt und tobt, als er sich kurz darauf am Boden wiederfindet. Ihm schwillt die Zornesader. Er windet sich. Nicht, dass er sich viel davon verspricht, dennoch sorgt es für ein gutes Gefühl, ein bisschen Gegenwehr zu leisten. »Ich wohne hier«, brüllt er und verlangt nach Winotzki, immer wieder.

Funkgeräte knistern und rauschen.

Es gibt Absprachen.

Es wird telefoniert.

»Hey, hey. Beruhig dich«, sagt eine Stimme schließlich, »der Mann, den du suchst, ist bereits auf dem Weg. Du sollst eben kurz warten.«

Eins der Schneemännchen sagt das. Und es spricht mit einer weiblichen Stimme. Ponger hat sich völlig verausgabt. Dankbar sagt er: »Viel länger hätten meine Stimmbänder auch nicht mitgemacht.«

Er fühlt sich schlaff wie ein Putzlappen.

»Ingwertee?«

Das Schneeweibchen schraubt eine Thermoskanne auf. Es scheint ihre zu sein. Und nachdem er aus dem Deckel getrunken hat, erlaubt man ihm, auch seine Sachen zu wechseln. Er zieht sich den Arbeitsoverall über, bleibt aber barfuß. Die Räume sind bereits fast leer.

»Ich warte unten«, sagt Ponger und schnappt sich noch schnell etwas von einer der Fensterbänke.

# 167

Der Regen hat eine Pause eingelegt. Pongers Beine baumeln in der Luft. Er sitzt auf einem dieser Waschbetonkästen, in denen die Müllcontainer geparkt sind. Er zählt seine Zehen. Fünf, nicht sechs. Links wie rechts. Auf dem Schoß liegt der Karton mit einem von Pörls Puzzeln.

1000 Teile.

Motiv: die Planeten.

Ponger klammert sich an die Pappschachtel, während er die Straße fest im Blick behält. Hinter dem weißen Lkw sperrt ein Flatterband einen größeren Bereich ab. Wofür der Platz reserviert ist, kapiert Ponger sofort, als Pörls Oldtimer mit dem Wohnwagen im Schlepp plötzlich um die Ecke biegt.

Kurzes Aufflammen der unsinnigen Hoffnung, dass der ganze Spuk doch noch mit der Rückkehr von Pörl ein glückliches Ende nehmen könnte. Aber hinter dem Steuer sitzt: Winotzki.

Ponger legt das Puzzle zur Seite.

Er springt zurück auf den Boden.

**168** Ein Schneemännchen entfernt eilfertig die Absperrung und will beim Einweisen helfen, aber Winotzki trifft sicher die Lücke, rückwärts rein, dann vorwärts, um leicht zu korrigieren. Parallel zum Fußweg steht das Gespann am Ende da, ganz korrekt einen Schuh breit entfernt vom Bordstein.

Winotzki zieht die Handbremse an. Blick in den Außenspiegel, stößt dann die Tür bis zum Anschlag auf. »Eins vorweg: Ich hätte diese Begegnung gerne an einem anderen Ort und zu einer anderen Zeit stattfinden lassen, aber sei's drum. Ich bin ja froh, dass es überhaupt zu diesem Treffen kommt.«

Alles in Ponger spannt sich, jeder Muskel arbeitet. Er wünscht sich, er hätte auch diesen mordlustigen Blick im Repertoire, den Henny so perfekt beherrscht: »Eins vorweg«, sagt er, »sonst bin ich eigentlich nicht der aggressive Typ, in diesem Fall garantiere ich allerdings für nichts.« Ponger macht ein paar Schritte Richtung Straße, sehr breitbeinig für seine Verhältnisse.

Ponger hat das Gefühl, als würde er dabei die Zähne fletschen.

# 169

Sie schauen sich über das Autodach hinweg an. Winotzki lockert seine Krawatte, nimmt sie ab, stopft sie in die Anzugtasche, dann sagt er: »Verstanden. Du hältst mich also für deinen Feind.«

Winotzkis Gesicht, sein unrasiertes Gesicht, ganz zerknittert.

»Ich kann Ihre Wohnung ja mal gründlich auf den Kopf stellen und räumen lassen. Aber natürlich erst, nachdem ich zuvor jemanden aus Ihrem Leben entfernt habe, der Ihnen so nah steht wie sonst keiner. Wie würde Ihnen das wohl schmecken?«

Winotzki wartet geduldig, bis Ponger seine Verachtung durch die Nase geschnaubt hat, sagt dann sehr ruhig: »Ich glaube, das Gespräch nimmt einen anderen Verlauf, wenn du dir kurz mal Zeit nimmst, die Sache anzugucken, die ich dir mitgebracht habe. Hätte ich gerne schon während des Telefonats neulich angekündigt, aber du hast einfach aufgelegt. Mittendrin.«

»Verstanden. Sie halten sich also für einen Freund.«

Dem erzürnten Blick Pongers hält Winotzki stand: »Ich gestehe gerne ein, in meinem Job fliegen einem die Herzen nicht immer zu, doch zumindest kann ich versichern, dich hat niemand hier auf dem Kieker.«

»Auf der Insel haben Sie uns nachts die Polizei auf den Hals gehetzt. Am Campingplatz war Riesenalarm.«

»Dorfsheriffs. Sicherlich überambitioniert.« Ein kurzes Schulterzucken von Winotzki. »Deren Aufgabe lautete, mit ein paar Infos für euch Dampf vom Kessel zu nehmen. Sie hätten euch zum Beispiel auch sagen können, was ich dir dann erzählt habe. Die Sache mit der Notbremsung wird nicht weiter verfolgt. Fall erledigt. Und die Kollegen vor Ort sollten vor allem eure Fahrt zurück ans Festland organisieren.«

Ponger grimassiert ein Lächeln. »Ist das eine hübsche Umschreibung für: Sie sollten uns festsetzen und verschleppen?«

»Für was hältst du unseren Verein? Es lag uns die Erkenntnis vor, dass weder du noch deine Begleitung in der Lage seid, ein Fahrzeug zu führen. Ihr solltet bequem nach Hamburg gebracht werden.«

»Zum Glück sind Ihre Kollegen mit viel zu viel Blaulicht angerückt. Schwer vorstellbar, dass wir sonst so schnell angekommen wären.«

Winotzki lässt sich nicht locken. »Na ja«, sagt er, »immerhin haben die Dorfsheriffs später dieses Schmuckstück auf der Insel gefunden und samt Wohnwagen überführt und uns ordnungsgemäß übergeben.« Winotzki streichelt mit der Lulatschhand einmal das Metall der Karosserie.

»Tolle Neuigkeiten.«

»Ja, und jetzt guck mal hier rein. Der Inhalt wird dringend benötigt, wenn ich mich nicht täusche.«

# 170

Winotzki greift ins Jackett, zaubert einen braunen Umschlag hervor, schiebt ihn Ponger über das Dach zu. Ponger hat nicht den Hauch einer Ahnung, was da angerutscht kommt.

Zögerlich streckt er die Hand aus, als würde er kurz spekulieren, ob das Papier nicht radioaktiv verseucht sein könnte.

Aber schließlich greift er zu.

Der etwas süßliche Geruch der Klebekante.

Ponger spickt ins Innere, merkt, wie seine Hände zittrig werden. Er hört das eigene Schlucken. Gönnt seinen Gesichtsmuskeln eine Pause.

Ausweisdokumente?

**171** Die Gefühle in der Magengegend toben plötzlich so wild durcheinander, dass Ponger ganz wackelig wird. »Pörls Idee, richtig? War das der Deal? Freies Geleit für uns und Papiere als Zugabe?«

»Wer ist Pörl?«

»Die Besitzerin dieses Wagens. Die Frau, die in der Wohnung dort oben gelebt hat.« Ponger deutet mit dem Finger erst auf das Auto und dann piekst er aufgebracht hinter sich in die Luft. »Pörl, die viel zu gut ist für diese Welt.«

»Wer ist Pörl?«

Die Art, wie Winotzki die Frage wiederholt, macht klar: Er ist bereit, dieses Spielchen noch eine ganze Weile weiterzuspielen, egal, was Ponger sagt oder tut.

»Sie können Menschen nicht einfach so verschwinden lassen.«

Winotzki hebt die Augenbrauen. In gespieltem Erstaunen. »Ich habe natürlich keine Ahnung, worüber du sprichst. Ich kann dir aber sagen, es passiert immer wieder, dass Menschen von sich aus entscheiden, einfach zu verschwinden, neu anzufangen, sich zu verändern.«

Winotzki hat sorgfältig überlegt, wie er formuliert, was er sagt. Das hört Ponger sofort. Ponger blafft: »Und was wird dann aus diesen Menschen?«

»Manchmal tauchen sie nach Jahren wieder auf, und es stellt sich heraus, sie haben woanders eine völlig unauffällige Existenz geführt. Manchmal ist es aber auch notwendig, von einem Tag auf den anderen wie vom Erdboden verschluckt zu sein und das auch zu bleiben. Manchmal unterstützt der Staat sogar dabei. Schützt gefährdete Personen, indem er ihnen hilft, unsichtbar zu werden und dem alten Leben den Rücken zu kehren. Aus Dank, weil sie der Allgemeinheit einen großen Dienst erwiesen haben. Gibt die seltsamsten Fälle.«

Ponger lacht verächtlich: »Wie freiwillig geschieht so ein Neuanfang wohl?« Er fragt das, ohne wirklich eine Antwort zu erwarten.

»Es ist ein Geben und Nehmen.« Winotzki deutet mit dem Kinn auf Ponger. »Die entscheidende Motivation sind meist Angehörige. Die sollen in der Spur bleiben. Denen will man Ärger ersparen.«

»Was erwarten Sie, dass ich einen Luftsprung mache? Ihnen um den Hals falle wegen des Umschlags?«

»Ich bin nur ein Überbringer. Was ich erwarte, spielt an der Stelle also nicht die geringste Rolle.«

»Und über die Person, der ich mein Glück zu verdanken habe, werden Sie mir natürlich keine näheren Auskünfte geben.«

Winotzki kratzt sich die Wange. Die Stoppeln knistern. Er sagt: »Wie auch immer, ich kann nachvollziehen, was in dir vorgeht.«

»Können Sie das?«

»Eine kluge Frau hat mal gemeint, das Universum ist ungerecht und deshalb voller Hoffnung. Und ich glaube, wenn sich all der aufgewirbelte Staub gelegt hat, wirst du erkennen: Auch für dein Universum gilt das.«

»Was soll das sein? Der Schlusssatz?«

Eine Windbö weht Winotzki ins gescheitelte Haar. Er lässt es geschehen und nickt: »Meine Leute und ich sind mit unserer Arbeit so weit durch.«

»Ich brauche aber noch etwas von Ihnen.«

Es beginnt zu tröpfeln. Skeptischer Blick von Winotzki nach oben, bevor er leicht abgelenkt sagt: »Und das wäre?«

»Das Ding, das Sie von der Insel mitgenommen haben.«

Versteinert Winotzkis Miene jetzt?

Nicht eine Sekunde. Der Mann im Anzug beugt sich ohne Zögern in den Wagen, fingert den Schlüssel aus dem Zündschloss und wirft ihn Ponger zu: »Gutes Stichwort. Das Schmuckstück sollst du bekommen. Natürlich.«

»Das meinte ich aber nicht«, sagt Ponger und seine Stimme kippt, »das wissen Sie genau!«

Und als Winotzki nun nach kurzer Denkpause zu sprechen beginnt, merkt Ponger sofort, dass er sich in dessen Augen allmählich in eine undankbare und vorlaute Nervensäge zu verwandeln beginnt. »Dir gehört der Umschlag samt Inhalt. Dir gehört der fahrtüchtige Wohnwagen. Und dieser Traum von einem Automobil. Mehr kann ich nicht für dich tun.«

 Ponger ist, als hätte jemand die Welt an-
gehalten.

# 173

Wie eingefroren im Moment kann er sich und alles um sich herum betrachten: ein 360°-Standbild.

Das 1000-teilige Puzzle auf dem Waschbetonkasten.

Der Lkw.

Ein Schneemännchen, das einen Umzugskarton im Arm hält.

Die parkenden Autos.

Winotzki auf der Straße.

Ponger auf dem Fußweg.

Zwischen ihnen der Oldtimer. Mit dem Lack in der Farbe von Perlmutt, eine Oberfläche, die sogar bei diesem grauen Wetter noch leicht zu funkeln und zu schimmern scheint. Ein Traum von einem Automobil ...

In Pongers Gedanken klingt Winotzkis Kommentar nach. Im Kopf rumort es: »Wie war das gerade?«, fragt Ponger.

Die Welt ist wieder in Bewegung.

»Mehr kann ich nicht für dich tun«, wiederholt Winotzki.

»Sagten Sie gerade: Traum von einem Automobil?« In der Kehle verkeilen sich die Silben fast vor Aufregung. Ponger weiß, das ist es: Pörls Vermächtnis. Die Lösung des Rätsels. Das entscheidende Puzzlestück.

# 174

Winotzki trommelt mit den Fingern ungeduldig auf dem Dach herum: »In deinem Alter hätte ich für eine solche Kiste wahrscheinlich die Seele meiner Großmutter verkauft.« Er räuspert sich, als er merkt, was er da gerade von sich gegeben hat. »Nicht falsch verstehen.«

»Ich kann überhaupt nicht fahren«, sagt Ponger, »hab's jedenfalls noch nie versucht.«

Der Regen wird stärker. Winotzki gibt einem der Schneemännchen einen Wink. Woraufhin ein paar Kisten in den Kofferraum von Pörls Wagen verstaut werden. »Das sollten die Sachen aus deinem Zimmer sein. Wenn etwas fehlt, lass es mich wissen.«

Ponger befühlt die Rillen und Zacken des Schlüssels in seiner Hand: »Warum kann ich denn nicht in der Wohnung bleiben?«

»Niemand hat dort offiziell gewohnt. Niemand war dort je gemeldet. Kannst du den Caravan nicht vorübergehend auf dem Hof der Werkstatt abstellen, wo du arbeitest?«

»Susis Garage? Das wäre natürlich ideal.« Ponger bemüht sich um eine Art Lächeln und um einen Blick, der ihm langes Bitten und Betteln erspart. »Zufällig Lust auf eine letzte Fahrt in diesem Schmuckstück?«

# XVII

## HAMBURG-ROTHENBURGSORT, SUSIS GARAGE

**175** Regen schlägt gegen die Scheiben, klopft auf das Dach. Winotzki niest und schnäuzt sich, bevor er energisch den ersten Gang reinhaut und losfährt. »Das Wetter an der Küste war wohl nichts für mich.«

»Gesundheit«, sagt Ponger auf dem Beifahrersitz. Er studiert Winotzki ein wenig von der Seite und fragt sich plötzlich, wie viele Wesen wie Pörl und Henny und ihn selbst es wohl auf der Erde geben mag. Und wer von ihnen weiß.

Was zum Beispiel weiß wohl Winotzki genau?

»Frag«, sagt der Mann am Steuer.

»Bitte?«

»Ich besitze die Gabe, Schweigen zu deuten. Du hast eine Frage.«

Ponger kommt plötzlich ein seltsamer Verdacht und eine Idee. Was wäre, wenn auch Winotzki …?

Ist das ausgeschlossen?

Er fragt: »Erinnern Sie sich an Ihre Kindheit?«

»Wie kommst du jetzt darauf? Hat das etwas mit den Büchern zu tun, die du immer liest?«

»Warum sollte das mit den Büchern zu tun haben?«

»Jugendbücher. Geschichten über die Wirren der Pubertät, über die Zeit direkt nach der Kindheit.«

»Ich glaube, es sind tendenziell eher Geschichten über die Zeit direkt vorm Erwachsensein, über die Wirren des menschlichen Miteinanders.«

Winotzki setzt den Blinker und lässt das Gesagte erst einmal so stehen. Dann verkündet er: »Niemand hat eine Kindheit gehabt.« Der Ton, in dem er es sagt, ist schwer zu entschlüsseln. »Kann ich sonst noch helfen?«

»Es gibt da die eine oder andere Frage, die ich hätte. Vielleicht wünsche ich mir die Antworten aber einfach zum nächsten Geburtstag? Immerhin habe ich neuerdings einen.« Ponger betrachtet den Umschlag in seinen Händen. Er würde ihn jetzt nicht unbedingt stolz über dem Kopf schwenken, aber ein gutes Gefühl ist es doch. Trotz all der Umstände.

**176** Mustergültig stellt Winotzki das Gespann aus Oldtimer und Wohnwagen vor dem Rolltor von Susis Garage ab. Der Motor erstirbt. Stille bis auf die Geräusche der Tropfensalven, die nach wie vor platternd niedergehen.

»Also dann«, sagt Winotzki.

»Also dann«, sagt Ponger. Er hat die Hand bereits am Türgriff, als der andere sich zu ihm rüberbeugt.

Winotzki quetscht ihm die Schulter, als hätte er eine enorm schwere körperliche Anstrengung hinter sich: »Dir und deiner Gefährtin alles Gute.«

Gefährtin?

Ponger gefällt das altmodische Wort. Sehr.

Ein letzter Blickkontakt. »Was mir noch einfällt«, sagt Ponger, »Sie haben einen Flipper bei uns gut. Schauen Sie doch bei Gelegenheit mal vorbei.«

**177** Ponger stürmt in die Garage. Hört unbekannte Stimmen und Geräusche. Stella hat einen Fernseher vor den Höhleneingang geschoben. Das Gerät läuft, sie und Henny vertreiben sich mit einer VHS-Kassette die Zeit.

»Was macht ihr da?«

Stella hockt am Boden vor der Heizung, die Beine an die Brust gezogen. Henny sitzt versteckt im Dunkeln hinter der Decke. Ponger meint, zwei Augen gebannt nach draußen spähen zu sehen.

»Psst. Wir gucken Lost in Translation. Ist gleich zu Ende«, sagt Stella.

Ponger schaut auf den Bildschirm: In einer belebten Fußgängerzone umarmen sich ein Mann im Anzug und eine junge Frau mit roter Handtasche. Sie steht auf den Zehenspitzen. Er fasst ihr ins Haar, als wolle er sie trösten. Sieht aber selbst aus, als hätte er Trost dringend nötig. Ihr Gesicht hat sie an seinem Hals vergraben. Er flüstert ihr ins Ohr. Es ist allerdings nicht zu verstehen, was.

»Was hat er gesagt?«, will Henny wissen.

Die junge Frau im Film kämpft mit den Tränen. Ringt sich aber schließlich zu einem Lächeln durch, nachdem es einen Abschiedskuss gegeben hat.

»Ich hab's«, sagt Ponger.

»Ist das ein Happy End? Was hat er gesagt?«, fragt Henny ein zweites Mal.

Ein Song setzt ein: »Walking back to you is the hardest thing to do ...«

Ponger nimmt einen tiefen Atemzug und räuspert sich. Er wiederholt: »Ich habe Pörls Botschaft entschlüsselt. Du kannst bald nach Hause.«

# 178

Der Abspann läuft. Henny kommt aus der Höhle gekrochen. Ihr Zustand hat sich weiter verschlechtert. Ihre Kraft schwindet praktisch mit jedem Schritt. Aber sie schafft den Umzug in den Wohnwagen auf eigenen Füßen.

Dort schaut sie aus dem Fenster. Erst zum Buick, dann zum Baum – und entdeckt die Schaukel.

»Ein Mal«, bittet sie.

Ponger schüttelt den Kopf. »Ich habe noch eine ganze Menge zu tun. Und bis Susi aufkreuzt, will ich fertig sein. Ich wüsste nicht, wie ich ihr erklären könnte, dass ich Autos zerlege, um Flugkapseln zu bauen.«

»O.k.«, sagt Henny, »aber dann schubst du mich an.«

Er nickt abwesend.

**179** Ponger dunkelt alles ab im Caravan. Denkt nebenher laut über Stella nach: »Sie scheint sich überhaupt nicht zu wundern, was mit dir ist.«

»Stella ist in Ordnung.«

»Meinst du, sie könnte auch ... eine von uns sein?«

Henny zuckt die Achseln: »Vielleicht war sie es mal? Sehr wahrscheinlich jedenfalls, dass sie keine Erinnerungen mehr hat. Sie ist eine Erwachsene.«

Henny hat sich in der Schlafnische zusammengerollt. Obwohl sie unter einer dicken Daunendecke liegt, fröstelt sie. In heftigen Schüben. Und kaum ist einer der Anfälle vorüber, geht das Gezitter gleich wieder los, nur heftiger.

Die geplatzten Äderchen im Auge.

Sie quietscht und schnauft leise, um sich den Krämpfen nicht einfach lautstark zu ergeben. Am Hals, bei einem Zwillingspärchen Leberflecken, ist sie rot gekratzt. Ihre Fingernägel wandern immer wieder zu den Muttermalen.

»Kann ich dich überhaupt allein lassen?« Ponger hat sich auf die Kante der Matratze gesetzt. Er will an ihrer Stirn die Temperatur kontrollieren.

Sie streckt den Arm aus und hebt die Hand zu einem Nein. »Fass mich bloß nicht an. Ich fühle mich sowieso inzwischen ganz Oxytocin-verseucht.«

»Oxy-was?«

»Voll mit Kuschelhormonen. Und all diesem anderen Zeug, das durchs Blut schwappt und schäumt und einem vorgaukelt, ohne Nähe zu einem artverwandten Wesen könnte man eingehen.«

»Stimmt ja vielleicht.«

»Ponger.«

»Nur Hormone, ich verstehe.«

»Du genießt das natürlich, weil du dich ja nicht mehr erinnerst, wie es anders ist. Ich schon. Und mal ehrlich, speziell diese Verliebtheitsschote gleicht doch purer Folter.«

»Na ja.«

»Da hast du auf einmal den Eindruck, dieses Gefühl in dir ist größer als der Mond. Findest du das schön?«

»Das war jetzt aber kein verkappter Versuch, mir zu sagen, dass du etwas Besonderes für mich empfindest, oder?«

»Hörst du mir richtig zu?«

»Was soll ich sagen? Mir gefällt es, hormonverseucht zu sein. Man ertappt sich häufiger mal beim ungeplanten Lächeln, wenn es im Bauch kribbelt. Ich wüsste tatsächlich nicht, was daran verkehrt sein sollte.«

»Alles. Den extremen Bindungsfimmel unter den Menschen finde ich fast tragisch – so wenig kopfgesteuert. Und dann wundern sich alle, wenn die Kiste mal wieder an die Wand gefahren ist. Schluchzen und leiden.«

»Anders als da, wo du herkommst?«

Henny schüttelt es wieder. Nur ein kurzer Schauer diesmal. Sie sagt: »Was würde aus uns werden, wenn ich bleibe? Zeugen wir dann kleine Hennys und Pongers? Und während wir die aufziehen, schauen wir uns gegenseitig dabei zu, wie wir weiße Haare bekommen? Auf einem Planeten mit kritischen Prognosen, was die Bewohnbarkeit angeht?«

»Ich denke, ich kann dich allein lassen«, sagt er.

**180** Ponger macht sich ans Werk. Mit Stellas Hilfe schiebt er den Oldtimer von draußen in die Halle zur Hebebühne. Sie schließen das Rolltor hinterher gleich wieder. Der Motor surrt, die Lamellen knacken.

Während sich Stella in Richtung Couch zurückzieht, schiebt Ponger den scheppernden Werkstattwagen in Position, breitet ein Handtuch auf der Ablage aus, sucht aus den Schubladen Ringmaulschlüssel, Zangen, Ratsche und einen Satz Schraubendreher zusammen, drapiert alles griffbereit auf dem Handtuch.

Schalterklicken.

Der Arbeitsbereich im Zentrum des Raums erhellt sich.

**181** Das Geklapper der Gerätschaften beim Demontieren der Karosserie. Kampf mit bockigen Schrauben, Muttern und Bolzen. Aber während die Originalteile des Oldtimers hier und da Rost angesetzt haben, scheint das Material der Kapsel, das im Wagen geschickt und unauffällig verbaut ist, tadellos in Schuss. Ponger findet sich ohne Schwierigkeiten zurecht. Hat bald alles ausgebaut, was er zu brauchen glaubt, und macht sich an die Rekonstruktion des Raumgleiters.

Seine Hände scheinen zu wissen, was zu tun ist. Fast kommt es ihm so vor, als würden die Komponenten des Fluggeräts ihm den Bauplan einflüstern, als wäre er nur dazu da, ihre Vorgaben umzusetzen.

Neben einigen festen Elementen, die dem muschelförmigen Körper wie Rippen Stabilität geben, besteht die Außenhaut vor allem aus einem Gewebe von enormer Feinheit und Reißfestigkeit. Pörl hat den Stoff im Dachhimmel des Wagens einarbeiten lassen. Ponger zieht und spannt. Ponger justiert und korrigiert. Ponger misst nach und staunt: Der Stoff scheint sich nach und nach eigenständig in die Form zu bringen, die vermutlich für ideale aerodynamische Eigenschaften sorgt.

Der Antrieb.

Die Liegeeinbauten.

Ponger fügt alles zusammen. Geradezu intuitiv folgt ein Arbeitsschritt dem nächsten. Bis zur finalen Einstellung der zentralen Module für Navigation, Energiekontrolle und Kommunikation.

**182**  Zeit für Feinarbeiten am Werktisch: Zurückgezogen in seiner Arbeitsnische legt Ponger auf beiden Seiten Zeige- und Mittelfinger an die Schläfe und macht kreisende Bewegungen. Der Drehstuhl unter ihm knarzt.

Er hört Stella drüben ein bisschen schnarchen.

Die Lampe an seinem Platz verbreitet mildes Licht, das den Dingen zarte Schatten gibt. Ponger brütet: Wie soll er es anfangen?

Aber dann legt er einfach los. Gibt sich den filigranen handwerklichen Herausforderungen hin, die er so liebt. Bemerkt beim Vorankommen nach einer Weile wieder dieses Schillern im Inneren einiger Sensoren. Ihm ist, als würde er etwas zum Leben erwecken.

Behutsam werkelt er weiter.

Vergisst die Zeit, vergisst alles, sogar sich selbst.

**183** Am Ende sind seine Fingerspitzen von den vielen Handgriffen fast taub. Er setzt Hennys Steuereinheit ein. An der Schnittstelle passiert für Sekunden nichts. Dann aber meldet sich das Antriebssystem, mit einem Sirren wie von einem Schwarm Libellen fährt es automatisch in den Bereitschaftszustand hoch. Und an den Innenhäuten der Schale zeigen sich Muster. Unter der blässlichen Oberfläche schimmert eine Art fein verästeltes Adergeflecht schwach auf, es leuchtet wie Plankton nachts im Meer, gerät in sanftes Pulsieren, begleitet von einem ebenso sanften Pochen.

 Ponger löscht die Deckenbeleuchtung.

# 185

Er kann nicht sagen, wie lange er dort am Lichtschalter steht. Zu aufgeweicht sind all seine Sinne und das Denken. Würde er sich vom Fleck rühren, er wüsste nicht, wie er sich auf den Beinen halten sollte vor Erschöpfung.

Es blitzt gleißend hell in seinem Hirn.

Blitzt.

Immer wieder.

Eine wilde Abfolge von Bildern drängt hinein ins silbrige Gewitter, verdichtet zu einem Strudel von puzzleteilartigen Eindrücken, die Ponger neu und seltsam vertraut zugleich erscheinen und die er trotz der rasenden Geschwindigkeit, mit der sie sich zeigen und verschwinden, in sich aufnimmt, jedes Puzzleteilchen, jedes einzelne.

Henny in der S-Bahn.

Winotzki und Hotsch bei Susi in der Garage.

Pörl am Tisch in der Wohnung.

Das Basketballspiel.

Flucht in die Parkgarage.

Fahrt zur Insel.

Der Kuss auf der Fähre.

Die ganze Geschichte der letzten Tage, die Geschichte seines ganzen Lebens bis hin zu diesem einen Moment, in dem der Widerschein von der Schale und den Armaturen der Flugmuschel den dunklen Raum durchpulsen.

Ein Flackern und Flimmern.

Ponger hört, wie draußen die Blätter im Baum silbrig dazu rascheln.

# 186

Jenseits des Rolltors quietscht die Tür des Wohnwagens. Nackte Füße nähern sich. Henny betritt die Halle, legt von hinten das Kinn auf seine Schulter.

Gibt es einen Zufall?

Nicht in seiner Geschichte, begreift Ponger dunkel. Gut möglich, dass es gar nicht anders hätte kommen können – alles. Henny hat auf das Signal reagiert, das er in die Welt gesendet hat, ihn so aufgespürt, ihn ausgewählt, ganz gezielt ihn, und seine Nähe gesucht. Und das erscheint ihm stimmig.

Sie nah, nicht fremd: Ist das nicht Henny?

Ihr Atem.

Ihre Körperwärme.

Ponger schwimmt aus den Tiefen seiner Gedanken empor. »Ich hab's hingekriegt«, sagt er, »dein Transportmittel ist reisetauglich.«

»Du hast es hingekriegt.«

Ein kurzer Schauer kriecht ihm über die Arme und den Rücken bis hoch zum Nacken. Ponger wird heiß, speziell hinter den Augen. »Nur noch ein paar Konfigurationen von dir, und du kannst starten«, sagt er.

Henny streichelt ihm die Schulter, fährt ihm mit der Hand durchs Haar. »Du brauchst dringend Schlaf«, sagt sie, »komm.«

**187**  Die Schale hat die Länge und Breite eines Surfbretts und ist flacher als eine Autodachbox. Sie schlagen sie umsichtig in die karierte Schurwolldecke ein, heben sie von den Stützböcken – das erstaunlich geringe Leergewicht. Sie haben keine Mühe, Hennys Flugmuschel im Wohnwagen unterzubringen.

**188** Er liegt, den Arbeitsoverall noch an, neben ihr in der Schlafnische. Draußen, über den flachen Dächern des Gewerbegebiets, öffnet sich gerade der dunkle Nachthimmel wie der Deckel eines gigantischen Kofferraums. Das erste Licht des Tages sickert durch einen Spalt am Fenster zu ihnen hinein, untersucht zurückhaltend Hennys blässliches Gesicht.

»Ich kann unmöglich einschlafen«, sagt Ponger, »nachher bist du weg, sobald ich die Augen schließe.«

»Erst am Abend«, sagt sie, »versprochen.« Ihre Nasenflügel zittern leicht, und die Stimme klingt wie etwas, das Jahre in der Wüste vergraben war.

»Dann ist das jetzt gerade die letzte Nacht gewesen?«

Sie nickt einmal kurz: »Ich kann's nicht ändern. Mittlerweile sind es über zwanzig Leberflecke. Wenn ich mich länger gegen die Verwandlung wehre, bin ich erledigt. Der letzte Tag ist angebrochen. Diesmal wirklich.«

»Es liegt an dir. Nur an dir.«

»Bestimmt nicht.«

»Bestimmt doch.«

»Nein, wer hat mir geholfen, dass es überhaupt möglich ist, in meine Welt zurückzukehren? Das warst du! Und jetzt schlafen!«

Mit einem leichten Lächeln zeigt sie ihm, dass ihr Versprechen gilt. Bevor Pongers Widerstand bricht, irrlichtert sein Blick noch einmal durch den Wohnwagen. Hennys Regenmantel hängt am Garderobenhaken, fällt ihm auf. Dann umfängt ihn das Schwarz.

# XVIII

HAMBURG-ROTHENBURGSORT, SUSIS GARAGE
& S31, RICHTUNG HAMBURG STERNSCHANZE

**189** Erst weit nach Mittag erwacht Ponger. Neben Henny. Er schiebt ihre Hand von seiner Brust, sie schlummert noch.

Ponger schleicht sich aus dem Wohnwagen. Nicht wirklich erholt, aber immerhin in der Lage, Susi drüben in der Halle hallo zu sagen.

Ein kalter Luftzug weht durch den Werkstattraum. Die Tür neben dem Rolltor ist geöffnet. Susi trampelt in ihren schweren Arbeitsschuhen vor dem auseinandergepflückten Oldtimer auf und ab. Die Hände hinter dem Rücken verschränkt: »Das schürft mir glatt das Herz auf!«

Wo ist ihre Zigarre?

»Kriegen wir schon wieder hin«, sagt Ponger, macht eine kreisrunde Geste mit beiden Armen. »Alles.«

»Wer tut so etwas?«

»Ich.«

»Ja, aber wieso?«

»Die Kurzversion lautet: Ging nicht anders. In den Tagen, als wir unterwegs waren, hat sich gezeigt, dass es womöglich doch schön wäre, wenn der Wagen mehr dem Originalzustand entspricht.«

Susi spitzt die Lippen und schiebt das Kinn vor: »Ich habe mich schon immer gefragt, ob es das Haifischmaul nach 58 noch gab.«

»Ich wollte am Wochenende eigentlich nur ein paar Kleinigkeiten daran machen. Aber wie das so ist, wenn man mal loslegt, kommt eins zum anderen.«

Stella meldet sich hinten von der Couch: »Habe ich dir doch gesagt. Er muss die ganze Nacht an dem Auto geschraubt haben.«

»Deswegen habe ich ihn ja auch schlafen lassen«, sagt Susi.

Ponger lächelt dankbar: »Es sieht schlimmer aus, als es ist, glaube ich. Heute schaffe ich nicht mehr viel, nehme ich an. Aber ich kümmere mich im Laufe der Tage darum. Nach Feierabend.«

»In Ordnung.«

»Gut möglich übrigens, dass du dann eine Chance darauf hast, dieses Schmuckstück zu übernehmen.«

»Ach, komm. Fühlt Pörl sich plötzlich zu alt zum Fahren, oder was?«

**190** Ponger beschließt, das Thema Pörl besser auf einen anderen Zeitpunkt zu verschieben. Zum Glück findet er schnell einen Grund, ein Ablenkungsmanöver zu starten. Er hört etwas.

Das Knarzen der Metallkette.

Ponger merkt, wie ein leichtes Kribbeln in der Bauchgegend einsetzt und dreht sich vom Oldtimer weg, sieht durch die geöffnete Tür zum Baum mit dem wuchtigen, ausladenden Geäst und dem struppigen Haupt. Henny sitzt dort und schaukelt: »Das ist Henny.«

»Bereits kennengelernt, mein Junge«, sagt Susi.

»Wann das denn?«

Susi blickt demonstrativ auf die Uhr an der Wand: »Verschläft ja nicht jeder den halben Tag. Und ich sage dir mal was. Wenn du dir häufiger die Nächte mit Werkzeug in der Hand um die Ohren schlägst, bist du die Gute schneller los, als eine Flipperkugel im Loch verschwindet.«

# 191

Es wäre das perfekte Bild zum Abschied, aber der Stadthimmel ist am späten Nachmittag leider zu hell für Sterne. Ponger lehnt ein Stück abseits am Baum, während Henny die Schaukel, auf der sie sitzt, langsam ausschwingen lässt.

»Du wirst das Leben eines jungen Menschen führen«, sagt sie, »und das ist gut so. Mit allem Drum und Dran. Ich sehe dich sogar flippern. Einfach so zum Spaß. Ich sehe dich Auto fahren.«

»Du kennst jetzt also auch die Zukunft?«

»Du wirst wissen, wie es ist, zu Partys eingeladen zu sein, auf Eiswürfeln rumzukauen, das wird gut. Du wirst es mögen. Ich sehe es vor mir, wie du mit vielen fröhlichen Menschen tanzt, wie ihr Spiele spielt, wie ihr auf Stühlen um einen Tisch reitet, wie ihr gemeinsam kocht und lacht, wir ihr über gute Bücher sprecht. Klar, maximal albern wird dir vieles manchmal vorkommen. Aber in diesen Augenblicken wird es sich richtig anfühlen.«

»Mir ist gerade einfach nicht nach Freudensprüngen. Auch nicht in der Fantasie. Aber danke für den Versuch.«

»Mein Index behauptet, das kommt wieder.«

Ponger hört sich selbst schlucken. »Vielleicht kommst du ja auch eines Tages wieder?«

»In der Fantasie bestimmt, ab und an. Aber andererseits: Im Grunde haben wir ja kaum Zeit miteinander verbracht. Kennen uns erst einhundertzwanzig Stunden.«

»Du willst sagen, ich komme drüber hinweg.«

»Was würdest du sagen?«

# 192

Ponger würde am liebsten sagen, schieß die Kapsel leer in den Himmel. Aber er behält es für sich. Denkt es nur, denkt es so laut er kann, doch sie reagiert nicht. Deshalb sagt er: »Du warst mir von Anfang an eigentlich zu anstrengend.«

Sie erhebt sich von der Schaukel. Hält sich an der Kette fest. Und so gucken sie sich an, die Schaukel zwischen sich. »Alles Masche«, sagt sie, »wie dieses ernste Gucken bei dir. Das hast du wirklich drauf.«

Der Anflug eines Lächelns bei ihr reicht ihm, um sich kurz mit der Idee anzufreunden, dass Henny recht haben könnte. Dass es tatsächlich Gründe gibt, sich auf die Zukunft zu freuen, und dass er darüber hinwegkommen wird, wenn sie geht und ihn allein lässt. Sehr kurz funktioniert es.

Nicht ganz einen Flipperhebelschlag lang.

Dann bestürmen ihn wieder die anderen Gefühle. Henny nennt ihm die geplante Startzeit. Und greift in die Tasche des Regenmantels, reicht ihm noch ihr Exemplar des Romans.

»Stimmt«, sagt er, »ein Gepäckfach fehlt in deinem Flieger.«

»Lies das Buch zu Ende«, sagt sie.

»Kitschfreier Schluss. Die beiden bekommen sich nicht. Ich weiß. Hast du alles schon verraten«, sagt er.

»Macht nichts. Die letzten Kapitel sind echt okay. Lenken bestimmt ein bisschen ab. Mit den Enden von Büchern klarzukommen, klappt immer besser als mit den Enden im Leben. Das ist mal sicher.«

Er nimmt das Buch. Der besondere Duft, der bei der Übergabe zu ihm wogt: Nach dem Einatmen schmeckt er ihn auf der Zunge – wie die Luft am Meer, silbrig, mit einer Spur von Salz darin. »Ist das jetzt ein Happy End?«

Henny nickt nicht, sie schüttelt nicht den Kopf. Sie sagt: »Für mich wird es Zeit. Das Blöde ist, ich weiß nicht genau, wie ich dich am besten bitte, mich für die Vorbereitungen allein zu lassen.«

»Am besten bittest du mich einfach nicht.«

»Du kannst nicht dabei sein.«

»Ganz sicher?«

Henny nickt: »Wir müssen es ja nicht schlimmer machen, als es ist.«

**193** Ponger steckt das Buch in die Jacke. Er zählt noch einmal ihre Zehen.

Fünf, nicht sechs. Links wie rechts.

# 194

Henny lässt die Ketten der Schaukel los und kommt zum Baum, bleibt dicht vor Ponger stehen. Er hat keine Ahnung, wie das geht: Abschied.

Sie sagt: »Willst du mir nicht einen guten Flug oder so was wünschen?«

Ponger erinnert sich: Die Worte sind aus dem Film geklaut, den sie mit Stella gesehen hat. »O.k.«, sagt er, »pass auf dich auf.«

Sie boxt ihm gegen den Oberarm. »Du küsst gut«, sagt sie, »das solltest du wirklich häufiger tun in Zukunft.«

»Wie kann man nur so sein?«

»Du hast hoffentlich keine großen Gefühlsbekundungen erwartet.« Sie streichelt sein Gesicht. »Und bevor du fragst: Ich weine nicht, du weinst.«

Ein salziger Kuss.

Er sagt: »Du bist Henny, mehr als jede andere.«

»Mal mir schnell noch ein Rückenwort auf meine Haut, bitte«, sagt sie.

Ponger weiß nicht, wieso, vielleicht wegen des Rauschens in den Ohren, aber er muss an die Wellen auf der Insel denken. An den feuchten Sand, den sie hinterlassen beim Zurückströmen des Wassers. Und wie der Sand dann glitzert und funkelt.

Ponger schiebt am Rücken die Hand unter Hennys Top, schreibt mit dem Zeigefinger fünf Buchstaben auf ihre Haut.

Er hat die Augen geschlossen. Und traut sich kaum, sie wieder zu öffnen. Denn so lange alles so ist, wie es in diesem Moment ist, bleibt ja alles noch in der Schwebe – und das Ende völlig offen.

Henny drückt Ponger noch einmal fest.
Und er sie.
Dann lassen sie einander los.
Dann lässt er sie allein.

**195** Ampellichter lackieren den feuchten Asphalt. Autos fahren blendend an Ponger vorbei, nehmen ihr kaltes Scheinwerferlicht mit auf dem Weg in die Abendstunden. Ponger irrt durch die Stadt. Das Wirrwarr der Emotionen in der Brust, das unmusikalische Geheule des Windes im Ohr und das dazu passende Rauschen und Dauergelärme der Stadt.

Er versenkt die Hände in den Taschen des Overalls.

Er hat das Buch dabei. Aber um sich damit in einem Park auf die Bank zu setzen, ist es zu spät und auch zu ungemütlich. Die Kraftlosigkeit des Lichts, gedämmt durch die Wolkendecke: ein Wetter, das Farben aufweicht und immer wieder in Schauern Niederschlag bringt.

Das nasse Puckern auf Regenschirmstoff. Das knisternde Trommeln auf der Kleidung. Am Kantstein kräuselt sich das zu den Gullys fließende Wasser.

Ponger treibt, Schultern hochgezogen, Kopf gesenkt, im Strom der Passanten mit, vorbei an zitternden Pfützen, Richtung nächster Bahnstation.

Denkt er nur eine Sekunde nicht an Henny?

**196** Dichte Menschengruppen verstopfen den Bahnsteig. Wie auf einem Schulhof, bevor das Klingeln die Pause beendet.

Ponger bemerkt die kleinen Rempler nicht einmal. Denkt natürlich jede einzelne Sekunde an Henny. Sieht die Bahn einfahren. Lässt sich mit den Menschen hineinsaugen in einen Waggon.

Fährt ziellos von Station zu Station.

Er liest.

Hat zumindest das Buch aufgeschlagen im Schoß. Es sind nur noch ein paar wenige Absätze bis zum Ende.

**197** Der Geruch der Reise und der letzten Tage in der Werkstatt klebt auf seiner Haut. Wie der Schweiß. Wie etwas, das man niemals mehr los wird, das in die Poren dringt wie Straßenstaub, etwas, das nach schlecht gelüfteten Wartehallen und Bussen riecht, dumpf und grau. Vermischt aber mit einer Spur von Silber und einem Hauch von Meersalz.

So sitzt er da zwischen den Menschen, die ihn nicht beachten, und die er nicht beachtet. Schaut hinaus in die Welt. Die vorüberziehenden Fassaden der Stadt. Was liegt dahinter? Was ist da draußen?

Labyrinthe aus Wohnhäusern mit Treppen, Fahrstühlen, Fluren, lauter Zimmern, die bewohnt sind von Menschen, denen man sehr wahrscheinlich nie begegnen wird. Pongers Atem trübt das Glas der Scheibe ein.

Noch ist auch Henny da draußen.

Und wo sind seine Gedanken?

Bei ihr.

# 198

Ihre Kapsel wird sich mit saugendem Geräusch schließen.

**199** Ponger stellt sich vor, je höher sie steigt, umso mehr wird die Welt ihr entrückt erscheinen, unbelebt, unbekannt.

Hennys Kapsel wird die Erdatmosphäre mit hoher Geschwindigkeit verlassen. Sie wird ins All aufsteigen, sich entfernen. Wie eine Sternschnuppe, die nicht fällt, sondern lichterloh nach oben rauscht.

Höher, immer höher und noch höher.

 Ponger spürt etwas, wie lauter kleine Insektenbisse.

Es tut weh.

Lässt ihn zucken.

Strahlt warm aus.

Hinter ihm hört jemand über Kopfhörer Musik. »Open up the sky and let the planet that I love shine through.« Die Bahn rattert in ihrem eigenartig rhythmisierten Takt über die Gleise, legt sich steif in die Kurven.

Ponger blickt auf die Uhr seiner Sitznachbarin.

Genau in dem Moment, für den Hennys Start geplant ist, stoppt der Zug auf einmal ab. Mit gewaltigem Schienenquietschen.

# 201 Der Ruck —

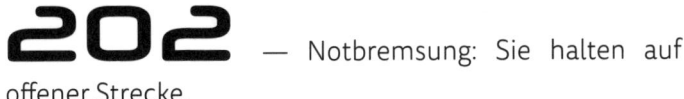 — Notbremsung: Sie halten auf offener Strecke.

# Dank

Die Arbeit des Autors am vorliegenden Buch wurde vom Deutschen Literaturfonds e.V. gefördert.

Dieses Werk wurde gefördert durch ein Hamburger Zukunftsstipendium der Behörde für Kultur und Medien in Zusammenarbeit mit der Hamburgischen Kulturstiftung.

Dieses Werk wurde vermittelt durch Paula Peretti Literarische Agentur, Köln.

Für die Starthilfe bei der Romanarbeit verneigt sich der Autor tief vor Natalie Tornai.

Die erste Idee zu der Geschichte kam dem Autor in Hilversum während einer Dienstreise – dafür geht der Dank an Timm Geyer.

**Nils Mohl,** geboren 1971 in Hamburg, lebt als freier Schriftsteller und Drehbuchautor in seiner Geburtsstadt und besitzt einen Wohnwagen auf der Nordseeinsel Amrum. Er ist verheiratet und hat drei Kinder. Immer montags veröffentlicht er ein Gedicht auf Instagram und guckt, wenn möglich, jedes Spiel der Hamburg Towers.

Sein Werk wurde vielfach ausgezeichnet, u.a. mit dem Österreichischen Kinder- und Jugendbuchpreis und der Lola in Bronze beim Deutschen Filmpreis. Den Deutschen Jugendliteraturpreis erhielt er 2012 für den später auch verfilmten Roman »Es war einmal Indianerland«. Eine weitere Nominierung für den Deutschen Jugendliteraturpreis folgte im Jahr 2023 für seinen Roman »Henny & Ponger«.

www.nilsmohl.de